公元 787 年，唐封疆大吏马总集诸子精华，编著成《意林》一书 6 卷，流传至今

意林：始于公元 787 年，距今 1200 余年

U0889008

意林®

一则故事　改变一生

意林

致青春系列 009

影筱语
YING XIAOYU 著

折星时代 Ⅲ

吉林摄影出版社
·长春·

图书在版编目（CIP）数据

折星时代. Ⅲ / 影筱语著. -- 长春：吉林摄影出版社，2019.1
（致青春系列）
ISBN 978-7-5498-3945-2
Ⅰ. ①折… Ⅱ. ①影… Ⅲ. ①长篇小说－中国－当代Ⅳ. ①I247.5

中国版本图书馆CIP数据核字(2018)第290392号

折星时代Ⅲ
ZHEXING SHIDAI Ⅲ

著　　者	影筱语
出 版 人	孙洪军
总 策 划	安　雅　张　星
责任编辑	吴　晶
图书统筹	糯米兔
特约编辑	宁　阳
绘　　图	bobo
书籍装帧	胡静梅
美术编辑	王周益
开　　本	700mm × 1000mm　1/16
字　　数	300千字
印　　张	12
版　　次	2019年1月第1版
印　　次	2019年1月第1次印刷

出　　版	吉林摄影出版社
发　　行	吉林摄影出版社
地　　址	长春市泰来街1825号 邮编：130062
电　　话	总编办：0431-86012616 发行科：0431-86012602
网　　址	www.jlsycbs.net
经　　销	全国各地新华书店
印　　刷	河北鹏润印刷有限公司

书　　号　ISBN 978-7-5498-3945-2　　**定价：**25.80元

Contents
目 录

Contents
目 录

第一章

喜欢，是温暖的

01

春夏交替的季节，风是柔软的，从敞开的窗口路过，撩起窗前人肩上的秀发。

刚刚洗完澡的季夏，身上留下的牛奶沐浴露的香气，风忍不住停留，想要多亲昵一会儿。

季夏始终低着头，未曾理会风的殷勤，她手中的笔摩擦过纸面，发出一阵“沙沙”的声响，台灯橘黄色的光将白色的纸染成了鹅黄色。

今天下午路过一家很特别的店，店名叫作“纪念”，里面只有简单的两套桌椅，两个靠着墙的陈列架，架子上陈列着几本笔记本和几张卡片。店主是个很漂亮的姐姐，她告诉我，“纪念”卖的是缘分。大概是觉得有缘，她坚持要送我这一张名为“愿望”的卡片，她说我会需要的。

一张卡片上只能许三个愿望，就像阿拉丁神灯的恩赐。

那么——

第一个愿望，希望我能早日找到我的亲生父母；

第二个愿望，愿往后的每个明天，辜遇都在身边；

第三个愿望，明天是六一，我还想再过一个儿童节，像爸爸妈妈还在的时候。

句号在最后一个字的脚边圈下，季夏手中的笔习惯性地往下移动，却找不到“四”的序号。她忍不住叹了一口气，嘴角含着自嘲的笑。

脑子里还有许多的愿望在排队等候，人总是贪心的，她也不例外，倘若真的遇见了神灯阿拉丁，大抵会厚颜无耻地再索要三百个愿望吧。只是人活一生，也不能遇见一次阿拉丁。所有虔诚的许愿，不过是自我抚慰罢了。

季夏搁下笔，抬起头来，望着夜空，清风不断撩动着她的长发，仿佛将她发丝当作了琴弦，这时，窗外忽然响起了一阵吉他声。

吉他声韵律轻快，音符散落在清风中，令人错觉是风在弹奏这一曲，但季夏知道，那不是风的浪漫，那是来自辜遇的温柔。

季夏莞尔浅笑，拿过手边的一本书，随手将愿望卡塞了进去。

等一曲落毕，她一手撑在窗沿，一手抓住玻璃窗，朝住在隔壁房间的辜遇问道：“是新歌吗？”

“是啊！”辜遇的声音里带着笑，“刚完成，第一时间就想弹给你听。可是不知道你睡下了没有，所以开了窗弹奏，这样就算你睡着了，也能第一时间听见，哪怕是在梦里。当然，这是弹奏之前的想法，现在我后悔了，听见你的声音，我又不知足地想要看见你的表情，想知道你喜不喜欢这首歌，想知道你听着吉他声时是不是始终在微笑。”

“词填了吗？”季夏的心甜甜的，可她偏偏不动声色地避过了他的绵绵情意。

“还没有。”听出了季夏声音里的笑意，辜遇望着天上明亮的弯月，当作她脸上明艳动人的笑靥，“不过，刚才弹奏的时候有了灵感，歌名叫作《一墙之隔》，‘一堵墙隔不开两情相悦，一世纪抹不去两情缱绻’。好了，剧透到此为止，你该睡觉了。”

一堵墙隔不开两情相悦，一世纪抹不去两情缱绻。

两情相悦，两情缱绻。

真美啊！

她默念着这句歌词，一遍、两遍、三遍，随即轻轻地笑了。恰逢乌云掠过，挡住了月亮，于是染了微醺灯光的桃花眼下的卧蚕，就好像是天上的弯月掉了下来，嵌在了她的眼下。

倘若辜遇看得见这一分钟她的笑貌，该会舍不得叫她去睡觉。

可惜他看不到，他再一次催促着：“快去睡觉，明天再给你弹唱一遍。”

言下之意是他今晚会将这首《一墙之隔》的词填完。季夏忽然期待起来，反而没了睡意。她想待在他的身旁，当空气也好，当台灯也罢，看着他一笔一画地将这首歌的词填完。她不仅想当第一个听众，还想做一名见证者，见证每一个字在他笔尖盛放的瞬间。

不过她怕妨碍到他填词，最后只是低声道了句“晚安”。

辜遇也回了一句“晚安”，随后他搁下吉他，抓过纸笔，在纸上写下了歌名《一墙之隔》，接着，笔下开出了一朵又一朵黑色的花——

一堵墙，在眼前，
你看见回忆在左边，往事呢喃，
我看见未来在右边，阳光微漾。
两颗心，软绵绵，
落在额头轻轻的吻，温暖如太阳，
映在眸中的你的脸，似温驯绵羊。

一墙之隔，
罗密欧与朱丽叶的牢笼；
一墙之隔，
梁山伯与祝英台的蝶梦。
（我和你隔墙并行）
（约定一起看星星）
不要听说，只听我说，
过去已经过去，
未来就要到来。
一堵墙隔不开两情相悦，
一世纪抹不去两情缱绻……

02

也许是想索要一份儿童节礼物，季夏计算着时间，第二天早上八点准时敲响了辜遇房间的门。房内始终安静着，整个酒店的走廊回荡着“笃笃笃”的敲门声，三分钟过去后，季夏才恍然意识到辜遇不在房间。

这么早，辜遇去哪里了？

正思疑之际，身后传来了“啪嗒啪嗒”的轻快的脚步声，季夏回过头，一个小男孩儿蹦蹦跳跳着扑到了她的脚边，他的小脑袋猝不及防地撞上了她的大腿。他一边吃痛地摸着脑袋瓜子，一边抬头对季夏说：“你是季夏吧？”

季夏愣了下，呆呆地应了声“啊”，然后点了点头。

小男孩儿一把牵住她的手往楼梯口的方向跑，催促着：“快点儿快点儿，你男朋友在等你呢！”

“慢点儿跑，”季夏提醒道，“小心别摔了！”

然而小男孩儿根本不理会她的嘱咐，甚至两步并作一步，迈开腿，一步跨过两级阶梯，半跳着下去。

不一会儿，匆匆跟在小男孩儿身后的季夏就被拉到了辜遇跟前。眼看微喘的季夏即将撞进自己的怀里，辜遇笑着张开了怀抱，一把揽住了她的肩膀。季夏的心跳猝不及防地漏了一拍，吸入鼻腔里的空气仿佛沾上了甜蜜的味道，她不禁红了双颊。

天真无邪的小男孩儿眨巴着大眼睛，伸出手向辜遇索要“报酬”：“给我皮卡丘。”

辜遇从口袋里拿出一个掌心大小的皮卡丘玩具递给了小男孩儿。得到了心爱的玩具，小男孩儿心满意足地离去。

季夏歪着脑袋一脸“求解释”的表情，辜遇伸手摸了摸她的脑袋，宠溺一笑，从旁边的桌子上拿起一杯豆浆和一个汉堡递给她。

“先吃早餐吧。”他解释起来，“隔壁的汉堡店正在搞活动，买一份指定的套餐就送一个小玩具，这是最后一只皮卡丘。他想拿别的玩具跟我换，我说他要是能在五分钟之内把你带到我面前，我就把皮卡丘送给他。”

“难怪。”季夏颇为无奈地摇了摇头，低头含住吸管，抿了一大口豆浆。

“走吧，车在等着呢。”辜遇牵过她的手，朝酒店门口走去。

“去哪儿？”季夏含糊着声音。

“有惊喜给你。”辜遇眼中的笑意多了一分神秘。

惊喜？

季夏忽然想起了前一晚辜遇弹给她的那首歌，心跳不自觉加速，是紧张，亦是期待。

但她没有想到，惊喜并不是她想象中的那样。

辜遇带她来到了孤儿院，告诉她“我们今天的任务就是让小朋友们过一个难忘的六一”，直至夕阳的余晖染红了天际，季夏依然没有等来那一首歌。

耳边是孩子们的欢声笑语和辜遇爽朗的笑声，季夏抿了抿唇，也微扬着嘴角，可没有谁看得出来她在强颜欢笑。

就在她暗自难过时，辜遇突然清了清嗓子。

“大家能帮我一个忙吗？”

屋内的喧嚣声戛然而止，只听辜遇说：“我答应要给一个小朋友惊喜的，但是我算错了礼物的份额，所以今天有个很重要的小朋友还没有礼物。大家能不能帮我一个忙，每个人折一颗纸星星送给她？”

小朋友们叽叽喳喳地接起话。

“是哪个小朋友啊？”

“明明大家都有礼物了啊。”

“喏——”辜遇笑着指向了季夏，“我的女孩儿也是个小朋友呢。”

季夏怔了一秒，脸不禁红了。

“拜托大家帮帮忙好不好？季夏可喜欢星星了，你们一人一颗纸星星，就能凑够一条银河给她呢。”

辜遇俯下身子，双手合十，做出一个“拜托”的动作。

小朋友们你看看我我看看你，有人开口大声说了句“好吧”，紧接着其他的小朋友也纷纷响应请求，认真地折起了纸星星。

看着一颗颗的纸星星送到自己手中，季夏想，这就是辜遇说的惊喜吗？

虽然她会很喜欢落在手心上的纸星星，宛若一点儿一点儿的星星汇成了银河，只是这不是她最想要的。

季夏莞尔浅笑，极力掩饰着失望，朝着每一个送来星星的小朋友道谢，全然没有察觉到凝视着她的辜遇悄悄扬起的嘴角。

离开孤儿院时，夜色初临，天边的霞光被渐渐吞没。沉默的空气将两个人围绕，六月初的夜风有些清凉，从彼此间的空隙中穿过，拉开了两个人的距离。

“想听新歌吗？”落在季夏身后的辜遇叫住她。

下一秒，宰遇像变魔术似的，从身后拿出一把吉他，季夏如梦初醒，笑了，然后嘟了嘟嘴："原来你记得的。"

宰遇也跟着笑了，他手指拨动着琴弦，一边朝她走近，一边柔柔地唱了起来。

华灯初上，吉他声与宰遇的歌声便一同在初夏里烙下了印记。

03

一首歌的时间不到四分钟，但当下的每一秒都足以刻骨铭心。

喃喃的歌声缠绵在耳边，盖过了风声，撩拨着心弦，在心湖上划出涟漪圈圈。世界仿若在快速地旋转着，季夏抬起头，看见夜空中有星光流转。

她悄悄许下愿望：但愿这一瞬间的星光永不熄灭。

等歌声弥散，吉他弦停止了颤动，季夏这才低了头，莞尔看向前方的辜遇。

四目相对的刹那，辜遇眼里有星光闪烁，季夏仿佛坠入了银河。

“还喜欢吗？”辜遇问她。

不知道指的是他的新歌，还是这场“蓄谋”过的惊喜。

季夏的嘴角不自觉地往上，眼下的卧蚕更加饱满，她点了点头：“很喜欢，很喜欢，很喜欢。”

他的新歌与这场惊喜，她都喜欢。一千万句“很喜欢”也无法描绘出她的欢喜。

季夏忽然记起前一夜落在许愿卡上的第三个愿望，那大概真的是一张有魔法的卡片吧。

辜遇将吉他装进吉他包里，三两步走到她跟前，伸手将她被风吹乱了的头发拨好，随后牵起她的手。

“饿不饿？”

“嗯，有点儿，”季夏微红着脸蛋，有些不好意思，“中午好像没吃饱。”

“那就再给你一个惊喜吧。”辜遇眯着眼睛轻笑，神秘的样子有些许得意。

辜遇牵着季夏穿过大街小巷，遥远的过去一一苏醒，季夏抬起空着的那只手，时不时抚过巷子里的墙、路边的花骨朵儿。

每一个街口都是熟悉的，就连拐角都有记忆粘在上面。

小时候，每一个儿童节，养父母都会带她到一家名为“佳佳基”的快餐店。小城镇总比不上大城市，没有麦当劳、肯德基诸如此类的知名店铺，佳佳基是一家参照麦当劳、肯德基经营的快餐店，当时笼月镇的小孩子们最爱的就是佳佳基里的汉堡和薯条。

季夏也不例外。

“季夏。”

回忆至此，听见了辜遇的呼唤，季夏回过神来，发现自己已经坐在了佳佳基里。

辜遇坐在她的对面，把桌子上放着的食物推到她面前：“给你点了一个儿童套餐，但怕你吃不饱，所以又点了一个汉堡给你。”他从餐盘里拿出一个用塑料袋密封着的小玩偶递给她，“喏，季夏小朋友，这是你的儿童节礼物。”

那是儿童套餐里附赠的小玩偶。

养父母健在时的每一个儿童节，季夏都会得到这么一个小玩偶，后来搬家到A市，那些玩偶也丢失了。她难过了好一阵子，最后学会了长大，也学会了舍弃。

念想之际，季夏环顾起四周，店里还是从前的模样，只是岁月添上了几笔痕迹。

这么多年过去，笼月镇也有了麦当劳和肯德基，季夏没有想到记忆中快被遗忘了的佳佳基还在，更没有想过有生之年还能再在佳佳基过一次儿童节，拿到儿童节特有的套餐礼物。

眼睛微微有些湿润，季夏笑靥如花地接过小玩偶：“谢谢。”

此刻，她由衷地感恩，能够遇见辜遇。

她曾以为，成年人的世界没有儿童节，可原来，成年人也可以拥有孩童的幸福。

深谙这些年来季夏的坚强与隐忍，辜遇直白地说：“在我眼里，你永远都可以长不大。哪怕活到九十九岁，在我这个一百岁的老头子眼中，你依然是个孩子。”

最美的情话大抵如此，不是我爱你，不是我养你，也不是华而不实的承诺，只是一句“你永远可以长不大”。

这一刻，季夏只想平平安安活到九十九岁。

04

浪漫又温馨的六一过后，季夏与辜遇第二天启程离开了笼月镇。

两个人是请了一个星期的假回来的，在笼月镇逗留的这几天，季夏始终没能得知自己的身世，辜遇也同样未能找到那个因他而毁容的女孩儿。

早上八点多，天气很好，蓝天与白云在恋爱，温暖着整座城镇的阳光就像是它们爱情的温度。

辜遇将车窗的遮光帘拉上，正在沐浴阳光的季夏疑惑地扭头看他。只见辜遇的手落在她的脑门上，轻轻一拨，将她的脑袋靠在他的肩上。

“靠着睡一会儿吧，到了我叫你。”辜遇说。

季夏心下一暖，脑袋在他的肩膀上蹭了蹭：“嗯。”

就在季夏闭上眼睛的这一刻，微博上陆星橙自杀的消息已经满天飞。

一年多前，还未正式出道的陆星橙因为声带受损而被解约，那时的她算不上艺人，照理来说，她的事情不太可能会在微博上有什么反响，然而因为季夏，她占据了微博热搜榜第一名。

季夏对此一无所知，下午两点多抵达A市以后，与辜遇分开，独自回学校上课。距校门还有一段距离，敏感的季夏便发现了门外埋伏着许多的记者。

是发生了什么重大的新闻吗？

纳闷之余，季夏从背包里掏出鸭舌帽、墨镜和口罩，一一戴上。习惯性地伪装之后，她深深吸了一口气，这才慢步朝着学校走去。在季夏看来，无论是多重大的新闻，都必定与她无关，毕竟她若是事件的主人公，经纪人一定会打来电话通知，可是背包里的手机一直是安静的。

因为心安理得，季夏没有刻意地闪躲，她在踏进校门口的刹那被眼尖的记者认了出来。

起初她还礼貌地微笑着，但记者们接踵而来的问题立刻叫她失了魂魄。

“季夏，请问你知道陆星橙自杀了吗？”

“季夏，据知情人士透露，一年多以前是你蓄谋害得陆星橙声带受损，这是真的吗？”

“季夏季夏，陆星橙死了，你会不会内疚？”

脑子里“轰”一声，季夏的耳边只剩下一句“陆星橙死了”，缠在耳朵里，绕进了左心房，将心紧紧地捆成一团，用力地勒紧。

季夏感觉有些呼吸困难。

门口保安亭里的保安大叔察觉到季夏的不适，将她从记者堆里解救出来。

好不容易远离了记者们的质问，失魂落魄的季夏耳边又一次传来了指指点点的声音——

“她回来了！”

“这种害人精居然还活得好好的！”

“就是，没天理啊！”

“那个陆星橙真的救不活了吗？”

“你没看视频吧？记者都在微博上放出来了，那个陆星橙的妈妈哭得好可怜，也亲口说女儿救不活了。”

“太可怜了！”

“还不是因为她！”

“不是吧，当年警察也没查出凶手啊。”

“没查出来不代表跟她无关啊，只能说明她深谋远虑，心机重，要不然能把人家陆星橙害成那样？自己倒是名成利就。”

“也是，想想就觉得可怕！”

忍下委屈，季夏仰着头，一步一步走进了教学楼。

她没有害过陆星橙，也不是侩子手，她光明磊落，不需要惧怕这些声音。

这一路仿佛踩着荆棘前行，直至抵达教室，坐在了自己的座位上，季夏终于得闲从背包里掏出手机。

这时，她才看见来自经纪人的多达六十多通的未接电话，她不知何时将手机调成了静音模式。

季夏没有回电，而是先打开了微博，搜寻起陆星橙的相关消息。

@火星八卦社V：据可靠消息，曾经差点儿成为季冬同门师妹的@陆星橙V 于一个小时前割脉自杀被送进急救室，现生死不明。据知情人士透露，一年多以来，陆星橙因为声带受损，再无法唱歌，精神长期处于抑郁状态。另外，本社长搜索了一下陆星橙的微博，发现她的微博上面大部分是对季夏的指控。

@火星八卦社V：@陆星橙V 已经在手术室里两个钟头了，家属接受采访，语气悲壮，直说一年前的失声事故是姓季的女星有意谋害，陆星橙却得不到半分公道，因此一直无法走出悲伤。

@火星八卦社V：以下是网友提供的@陆星橙V 在大一时期曾经参加学校组织的“我是歌手”比赛的视频，从视频里可以听得出来，陆星橙的声音是真的很不错，如果没有失声事故，如今她的人生一定很精彩。

@火星八卦社V：最新消息，经家属证实，@陆星橙V 抢救无效。

第二章

她看不见自己的星光

01

傍晚七点，渐暗的天边霞光微弱，城市的霓虹灯初上，映红了天空，这样的初夏是暖暖的。站在白天鹅购物中心五楼化妆间的窗前，季夏透过玻璃凝望着天空。

她的耳机里循环着一首《全世界的人都知道》，是陆星橙在学校里参加比赛的翻唱之作。因为自杀新闻，一些音乐网站抓住热点，纷纷推出了陆星橙生前的唱作，虽然仅寥寥三四首，音质也很差，但仍博得了许多关注。其中，季夏最喜欢的这首《全世界的人都知道》是陆星橙唱得最好的一首歌，当初就是这一首歌令陆星橙得到了签约的机会。

只是，陆星橙终究是不幸运的。

这种不幸运，对于季夏来说，并不能置身事外，毕竟是她护下季冬，求辜遇毁掉了证据。

同样还是为了保护季冬，季夏召开记者会，主动说明自己与南盛已分手，季冬与他的恋爱是正当的。那之后，她们就也没再见过面。从季冬随着继母巫素洁嫁入季家的那刻起，季夏一直视季冬为亲妹妹，八九年的姐妹情深，最终换得形同陌路的下场，这不是她想要的结局。可是季冬与巫素洁留给她累累的伤痕，她被这对母女骗得团团转，百般利用，让她至今想起来仍然会忍不住恨意横生。只是她心底也忍不住挂念着季冬，因为她知道，即使回首过去多么不堪，也曾有过一些令人温暖的好时候。

陷入回忆中的季夏没有注意到朴河寅的出现，等她反应过来时，耳朵上的耳机已经被身后走来的朴河寅一把扯掉了，霎时间，陆星橙清亮的歌声充满化妆间。

空气凝固了，季夏感觉得到聚在自己身上的凝视有多么灼热。

她镇定地关掉了音乐播放器。

朴河寅没有想到自己用力太猛，会将季夏的耳机从手机上扯下来。他更加没有想到的是，在这个风口浪尖，季夏居然还有心情去听陆星橙的歌。

“是不是要准备出场了？”季夏打破了沉默。

“动作快点儿。”然而朴河寅只是责备了这么一句，扭头就往化妆间外走。

季夏点点头，跟在他的身后。

她前脚刚离开，后脚化妆间内便响起工作人员略带讽刺的猜疑。

陆星橙的死讯被爆出后，朴河寅曾建议取消活动，但季夏自认光明磊落，无须刻意躲避，拒绝了他的提议。而商演活动的举办方也想趁着这次的热点为活动造势，朴河寅只好对她千叮万嘱，叫她注意当下的每一句话、每一个举动，千万别让人抓到话题。偏偏，她鬼使神差地听起了陆星橙的歌，还因为朴河寅的“用力过猛”而被化妆间的工作人员听见了。

季夏深知，不用多久，工作人员就会将这件事传出去。

最终会演变成什么呢？

网上已经充斥着声讨，许多人在抵制她，称她是夺走了陆星橙声音的侩子手，导致陆星橙之死的元凶，若是有心人要制造纷争，将此事夸大渲染出去，恐怕又会生出许多新的未知事端。

害怕吗？

她应该理直气壮地说不怕的，可是当下想起季冬的这秒，她怕了。

在季冬与陆星橙之间，她选择了季冬，如果护短也算一种罪名，那么她应该是要害怕的。

“季夏？”

备受良心拷问的季夏听见了朴河寅的呼唤，她迅速回过神来，闷头追了上去。空气中，从活动现场传来的各种聒噪的声音，支持她的粉丝在高喊——“季夏”，抵制她的人们趁机在每一声支持后添上一句——“退出娱乐圈”。

季夏深深吸了一口气，身旁的朴河寅瞟了她一眼，冷声说：“害怕了？现在可没办法逃跑了。”

季夏抬起头来，倔强道：“我不会逃的。”

她强作无所畏惧的模样，昂首挺胸，故意不去遇见任何人的目光，走到活动现场临时搭建的后台，等候主持人的邀请词。

十分钟后，季夏听见主持人柔着声音说：“现在有请季夏上台为我们演唱一首《寂夏》。”

季夏的心莫名地有些紧张，随着一个深呼吸落下，她缓步走上了舞台。

她穿着紫蓝色的星空裙子，点点星辰将她环绕，脸上的妆容俏皮又魅惑，尤其是眼部，淡黄色眼影做底色，与深邃的紫蓝色珠光眼影三色搭配，层次分明，与身上的星空裙更是相互辉映。

在舞台上站定后，她莞尔浅笑地与观众们打招呼，眼睛周围的珠光微微地闪烁着，竟令人错觉是星河落在了上面。

这么美的季夏，就像一幅画。

而当她张口歌唱，便好像画中的人走出了画轴。

歌唱到动情之处，季夏合上了双眸，台下有粉丝也随着她一起轻唱，谁也没有发现，坐在观众席过道上的某个人影正左顾右盼着。抓住保安松懈的一秒，那个人快速站起身来，冲向舞台。

紧接着，一个装满墨水的饮料瓶沿着抛物线飞出，不大不小的“啪”的一声，如休止符跌落在琴谱上，季夏唱一半的歌就这样戛然停止。

墨水如黑夜的乌云，遮住了季夏裙子上的星光。

“啊！”

“啊——”

台下尖叫声此起彼伏，季夏睁开眼睛，一张陌生狰狞的脸映入眼帘。行凶者已经被保安控制住，男生瞪着季夏，眼里瞧不出多少憎恨，嘴巴不停叫嚣着，让季夏无话可驳。

那男生说：“季夏，你对得起陆星橙吗？”

02

坐在保姆车后排，季夏沉默地看着礼裙上的墨水。

副驾驶座位上，朴河寅用H语骂骂咧咧着，既数落着季夏的招黑体质，也咒骂着黑粉的肆无忌惮。前一日刚从H国首都调回来的助理小糯坐在季夏的身旁，皱着眉给她擦拭着脸上的墨水。

关于朴河寅的愤怒，小糯的心疼，季夏统统都没有在意。

此时，她的心是烦躁的，方才活动会场上的声音此刻仍然纠缠在心上，一句句的指责被放大，回音冲撞着心壁。回想起被经纪人、助理和保安一同护拥着离开会场的一幕，季夏心下一滞。

最终，她还是当了“逃犯”。

当季夏终于察觉到小糯在拍打她的肩膀时，她才听到自己手机响起的铃声。

小糯提醒道：“季夏，你的手机响很久了。”

季夏拿起手机，看见屏幕上“宰遇”两个字的瞬间，眼睛毫无征兆地红了。她深吸一口气，逼退眼里的氤氲，按下了接听键。

宰遇清朗的声音直抵她的心脏：“季夏，你还好吗？”

好事不出门，坏事传千里，只花了一分钟，她被泼墨水的事就在网上传得沸沸扬扬。

“我……”季夏喉咙有些干哑，“我没事。”

“对不起，我应该陪你一起出席活动的。”宰遇听出她在逞强。

在微博上看到季夏被泼墨水的视频，宰遇既愤怒自责，又心疼难受。在知道陆星橙出事后，宰遇的态度与朴河寅一样，对季夏出席活动持反对意见，不过为了尊重季夏的意愿，他没做过多阻拦。原本他打算到场陪同的，无奈临时有事脱不了身。

季夏故作轻松地笑着说：“又不是你泼我墨水的，你跟我道什么歉？”

“因为我很在意。”宰遇的心情并没有随着季夏的笑声而变得晴朗，他轻叹一声，“我等你回来。”

言外之意，他已经到了她租住的公寓。

自从季夏与季冬在酒店的天台上出了意外之后，公司就给她租了个小公寓。两房一厅的房子，季夏住一个房间，助理住一个房间。

季夏没有再说什么，只简单地回了一句“好”，便挂断了电话。

这时低头擦了好一会儿裙子的小糯抬起头：“墨水擦不掉，怕是要赔钱。”

朴河寅听见这话，回头看了季夏一眼，眼底的愠怒依旧浓烈："从你薪酬里扣。"

季夏没有什么反应，只是低头看向裙子时，心里多了一分惋惜，可惜了这么好看的裙子。

可惜的，还有陆星橙的歌声。

以及，陆星橙原本可以很璀璨的人生。

念想之际，季夏眉心的惆怅更加浓郁，她十分清楚自己维护季冬对陆星橙是不公平的，正是因为清楚，所以对陆星橙的歉意才会在心底翻滚。可是作为姐姐，她要守住季冬的人生。

心里有愧，但这不代表她就该承受不属于她的诋毁和污蔑。她拿起手机，手指轻触着屏幕，登录了微博。

微博上是一片对季夏的抵制声，污言秽语难听至极，很多人甚至不明情况就跟风辱骂。季夏知道此刻辩驳可能也没什么用，但她不想就这么被舆论的洪水淹没。

她发了一条微博。

@季夏V：清者自清。

微博发出几秒后，辜遇转发了她的微博。

@辜遇：总有一天，他们会知道，你是清白的。//@季夏V：清者自清。

03

季夏回到公寓，莘遇正等在门外。

莘遇低着头倚在门前，听见了电梯“叮”的一声，他本能地站直身子，偏向电梯口的方向。

“莘遇？”惊讶的声音来自小糯。

莘遇轻咳了一声，手指把压得很低的鸭舌帽往上推了推，与季夏四目相对。

“其实你不用特意跑这一趟的。”季夏走到莘遇跟前，脸上的笑又灿烂了几分，眯着的眼睛好似在说：你看，我很好，一点儿事也没有。

明知道她是在逞强，莘遇却没拆穿。

他动作轻柔地将她垂下来的头发撩到耳后，说话的语调异常温柔：“我看看你就走。”

季夏没有挽留莘遇，倒是开了门的小糯回过头来，歪着脑袋用生涩的中文问：“你不进来坐一会儿吗？”

莘遇摇摇头：“不了，季夏要早点儿休息，你帮我照顾好她就可以了。”

他穿越半个城市来到她的面前，仿佛真的只为了看她一眼，他一句也没提心上的那些阴霾。

其实傍晚时分他接到了父亲的电话，说母亲突然晕倒，他急匆匆赶回了家里。母亲是突发性高血压，他赶到家里时母亲已无大碍，出诊的医生也已经离开。母亲说时候不早，留他一起吃晚饭，他没有拒绝。不料晚饭时季夏在活动现场出了事，晚间新闻正好直播了她被泼墨水的现场，父母当场脸色大变。父亲忍不住指责了季夏几句，他没能按捺住性子，当即与他们发生了争执。一场晚餐不欢而散，莘遇心情并不好，但他选择只字不提，只是不想给季夏徒增烦恼。

莘遇不放心地嘱咐季夏：“你早点儿休息，不要胡思乱想。”

见季夏乖巧地点了点头，莘遇转身朝电梯走去。

季夏的心忽然有些酸涩，宛若六七月的梅雨天气。

“莘遇！”隔着五六米的距离，她情不自禁地大声唤他。

在莘遇回头的一霎，她猛地扑进了他的怀中，紧紧抱住他，呼吸间都是他身上的味道，柠檬香气混合着淡淡的汗味，令她心安。她一向不善言辞，但她在渐渐学着勇敢，学着依赖他。

莘遇一时愣在原地，一双手顿在半空中，这样笨拙又可爱的季夏令他嘴角不自觉地上扬。心上的阴霾尽数散去，他双手回抱住季夏：“我在。”

如此简单的安慰，就是季夏此刻最想得到的温暖。

她拥抱的力道加了几分，脑袋瓜子在辜遇的胸口上蹭了蹭：“会一直在吗？”

怀中的季夏好似变成了一只在撒娇的小猫，辜遇抬手摸了摸她的后脑勺：“嗯，会一直在，永远在。”

尚还年少的他，沉着稳重地许下承诺，就好像他深谙这句承诺的重量，深谙“永远”之于生命的长度。

季夏心头一暖，依依不舍地松开拥抱，抬头看向辜遇。

她没有说话，以仰视的姿态认真端详着他眸子里的情绪，直至确认过他眼神里没有半分虚假，她的嘴角才得意地往上一翘。

“叮”一声，电梯门开了，辜遇不舍地对季夏说：“那……我走了。”迟疑的语气轻易泄露了他想要被挽留的心思。

最终，季夏报以一个嫣然浅笑：“晚安。”

04

辜遇离开后不久，季夏接到了辜遇母亲连芷的来电。

看着屏幕上“辜遇妈妈”四个字，季夏登时挺直了背，吸进鼻腔里的空气不自觉地困在喉咙里，不上不下。

这种莫名的紧张与恐惧毫无干系，只因对方是辜遇的母亲，所以还未接通电话，季夏就已经开始担心会不会说错话。

季夏强行压住紊乱的心跳，屏住呼吸，礼貌道：“连老师，您好。”

“辜遇在吧？”连芷没有寒暄，直接问道。

“他……”季夏刚要回话，连芷便打断了她的话。

“不必刻意避开他，打开扩音，让他听听也无妨。”连芷自顾自道，“季夏，我就问你一件事，外面的传言到底是真是假？是不是你存了坏心，害得那个叫作陆星橙的女孩子失了声？”

“我没有。”季夏否认得丝毫没有迟疑。

“但你会连累阿遇，”听季夏这么回答，连芷没有说信她，也没有说不信她，“娱乐圈里从来不存在‘清者自清’。我想，即使你不聪明，也不至于愚笨到听不懂这句话吧？”

空气在倏忽间凝固。

一时间，季夏不知该作何回答，而连芷以为辜遇在旁听，一直在等辜遇说话。

没听到辜遇的声音，连芷放弃了等待，正要挂断电话，季夏忽然开口了。

“连老师，”季夏抿了抿嘴，舌尖舔过干涩的唇，顿了一下才问，“您是不是觉得我配不上辜遇，也不同意我和辜遇在一起？”

没想到季夏会这么问，连芷讶异间失笑：“我怎么看很重要吗？和你谈恋爱的人又不是我。”

季夏看不到，连芷虽然在笑着，但嘴角上扬的弧度却有些僵硬。

作为母亲，连芷信奉着“青出于蓝必胜于蓝”。她曾很自私地想要干预辜遇的人生，与丈夫辜商恨一起规划好辜遇的人生道路，希望辜遇一步一个脚印，循着他们安排好的路线，最终变成辜家最闪耀的明星。

然而辜遇虽然渴望被父母关爱，却厌恶被操控。

这也导致他们之间的关系多年来不合，直到季夏出现才稍有缓和。

她打这一通电话，并非出自干涉的意思。

只是在看到新闻的时候，她与丈夫辜商恨都颇为震惊，她没有说话表态，而辜商恨脾气比较耿直，一向厌恶绯闻炒作的他说了一句“这女孩子怎么天天都扯上一些乱七八糟的新闻”，随即又不满地补了一句“季夏有没有做过那些亏心事？如果做过，我绝对不赞成你们在一起”。

辜遇一下子被激怒了，当即摔门而去。

辜遇走后，连芷劝了丈夫一番，觉得有必要亲自向季夏确认事情的真伪，同时提醒季夏尽快处理此次危机，以免辜遇再一次为了她牺牲自己的前途和梦想。

连芷是关心辜遇的，所以从一开始就不避讳辜遇在场。

见季夏没有回话，连芷也没有在意，她提点季夏道：“爱情里最忌讳的就是自卑。”声音落罢，连芷兀自挂断了电话。

耳边急促的“嘟嘟”忙音将季夏的心搅得烦乱，她没有想过她小心翼翼藏起来的心事，竟会被连芷轻描淡写地点出。

她不禁琢磨起连芷的话里是否有弦外之音，是否在暗示她的确配不上辜遇。

焦躁如蔓藤，失了控地蓬勃生长，将季夏的心捆得紧紧实实。

05

一整夜，季夏都没睡踏实。

梦魇一个接着一个，直到季夏惊醒时，梦里的人和事都在瞬间忘了个精光，只剩下恐惧在压迫着心脏。

季夏坐了起来，抬手揉着发疼的眉心，一遍一遍地深呼吸，默默调整着心跳的频率。

晨光映在厚实的遮光窗帘上，房间昏暗，衬着窗帘上星星形状的小孔如同闪烁着光的星辰。

季夏神情疲倦地从枕头底下摸出手机，屏幕上，时间显示为早上六点十三分，还有一条未读短信提醒。

她点开短信一看，是聂西闻发来的。

H国首都凌晨两点的天很黑，我睡不着，想着满天的星星总有一颗是你，于是一直在找，但好像每一颗都是你。你要相信，天越黑，星星的光就越闪耀，无论多少造谣和诽谤，都遮不住真相，那些乌云，我会为你吹散。

一长串的H文，满是聂西闻的思念与关怀。

对于聂西闻字里行间的情愫，季夏感到无所适从。

一直以来，对于聂西闻的喜欢，季夏总颇感压力。因为聂西闻曾经对她的好和付出，她没办法说出忘恩负义的话，而教他远离她。

但她也不能回应他……

最终，季夏什么都没回复，按下了手机的锁屏键。

早上要去大学上课，下午要去练歌，晚上要参加一个访谈，季夏在脑子里过了一遍行程，掀开被子起身，然后慢步走向浴室。等她从浴室里出来时，身上的睡衣已经换成了简便的T恤和牛仔裤。

她走到小糯房间门外，正要叫小糯起床，却听见从厨房里传来窸窸窣窣的声响。

她不禁纳闷起来，小糯这么早就起来做早餐了？

她走到厨房门口，一个颀长的身影顿时映入眸中，牛仔衬衫，黑色裤子，头上的鸭舌帽是反着戴的。

是宰遇。

错愕之后，季夏惊喜地发问："你怎么在这里？"

辜遇转过头来，如春风般的笑盖住了脸上的倦意，他手里的动作一刻未停："等一下，马上就好。"

季夏没再说什么，只是笑着凝视着他的背影。

不一会儿，辜遇端着托盘，转身朝她走来："今天的早餐有杂粮豆浆、水果沙拉、水煮蛋，还有烤吐司面包。吃完早餐我和你一起去学校，上午我的课也是满的。"

辜遇温柔的声音如春风悄悄钻进了季夏的心里，空气中是烤吐司香气四溢的黄油味。她露出一个满足的笑，语气却故作无奈："早餐吃这么多？要是让河寅哥知道，他会发狂的。"

辜遇浅然一笑，托着托盘的手腾出一只牵住她："你不需要减肥，而且私心来说，你要是能胖起来就好了。最好胖成一个两百斤的大胖子，这样你就卡在我心上，怎么也出不去了。"

听着辜遇毫不避讳的告白，季夏不禁害羞起来，她挣脱了他的手，绕过餐桌坐在餐椅上，故作嫌弃地说："两百斤的大胖子？那也太可怕了！我要是真胖成那样，就没有粉丝会喜欢我了。"

"我喜欢你就够了啊。"辜遇脱口而出。

"不够。"季夏抬起头，眯着的眼里好似有星光闪烁，"我希望有很多很多的人喜欢听我唱歌。"

不知怎么，辜遇突然有些在意，想要问她：那我和唱歌，哪一个比较重要？

不过一瞬，辜遇觉得自己突如其来的醋意既无厘头又好笑，他轻叹一声，将早餐放到季夏面前："快吃吧。"

季夏点点头，脸上尽是知足的笑。

吃过早餐，两个人坐着保姆车来到了学校，学校外面依旧有许多记者在埋伏，好在朴河寅早就与学校做好沟通，车子直接开进校园，甩开了记者们，停在了教学楼前的空地上。

下车后，辜遇陪季夏进了教学楼，送她进了教室。

进了教室后，见辜遇没有要离开的意思，季夏忍不住提醒他："你再不走，上课可就要迟到了。"

辜遇笑笑，径自坐在她身旁的空位上，坦白道："我是来旁听周教授和林老师的课的。"

季夏恍然明白过来，宰遇上午哪有什么课，只不过特地陪她来上课的。

教室里忽然响起两声低沉且刻意的咳嗽声，季夏与宰遇一同看去，只见隔着三四排课桌的位置上坐着一个男生，他正捧着杂志。与季夏的视线相遇后，他嘴角勾起一抹意味不明的笑，又将目光落在杂志上，大声朗读起来：“据知情人爆料，知名歌手季夏涉嫌毒害一个名为陆星橙的女生，致使其声带受损，因此事陆星橙精神长期处于抑郁状态。昨日，陆星橙被父母亲发现在家中自杀，随后被送入医院抢救，最终抱憾离世。陆星橙曾签约于某公司，险些成为季冬的同门师妹，但因为声带受损而被公司解约。”

念到这里，男生有些意犹未尽，他挑衅地看着季夏，空气中泛滥起窃窃私语。

有人附和起男生：“警察真应该把她抓起来的！”

“她当年可是当红歌手的代唱，公司才不会报警抓她。”

那些义愤填膺的声音，像一根根针扎在季夏的心上。这个世界，总有些人凭着“听说”就以为自己掌握了事情的真相。

季夏不想在班上跟同学发生争执，她选择了沉默。但有时候沉默是一种纵容。

见季夏没有反驳，有人越发肆无忌惮，旁若无人地议论起季夏的身世——

“听说她可是孤儿，被季家收养，对自己的妹妹季冬都能下得了狠手。”

“说起来，之前她们在酒店天台坠楼那件事，听说季冬是被她推下天台的呢！”

“我说，看季夏的面相就觉得她刻薄恶毒。”

有人毫不客气地对她的容貌进行了抨击——

“这么黑心肠的人，还整什么容啊？越整越丑！”

“她最该整的是那颗黑漆漆的心吧。把人家陆星橙害成那样，亏她还能若无其事地去参加活动，来学校上课！”

季夏始终沉默不语，只希望上课铃快一点儿响起来，切断这些攻击。

宰遇再也听不下去了，他猛然起身，椅子的支脚划过地面，发出一声尖锐的声响。他直接走到那个捧着杂志的男生面前，一把夺过他手上的杂志，撕成两半。

教室一下子陷入了安静。

四周鸦雀无声，宰遇语气冰冷地开口：“除非你们知道真相，否则人云亦云只会显得你们很愚昧无知。”

那一秒的宰遇，像一个英勇的战士，又像一个霸气凛然的王者。

没有人敢反驳一句。

第三章

流星划过的天空有泪痕

01

"但你会连累阿遇。

"娱乐圈里从来不存在'清者自清'。我想，即使你不聪明，也不至于愚笨到听不懂这句话吧？"

连芷的声音冷不丁地在季夏的耳边响起。

连芷的担心是没有错的，辜遇不会放任她受到伤害，就好比此刻……

辜遇坐回了季夏身边，手悄悄地伸过去，握住她抓住裤子的手，试图安定她慌乱的心。

然而辜遇的当场一撕并没有起到制止的作用，窃窃私语很快又响了起来，虽然分贝比之前低了许多，但能依稀分辨出他们在说什么——

"愚昧无知的人是他吧，这种坏女生都要维护。"

"真以为自己家世好、有才华就了不起啊，如果他不是出身音乐世家，不是知名填词人，季夏还会喜欢他吗？"

"呵呵，我看他也迟早要被季夏毁掉。"

"别说了，都不是简单的人，说不定陆星橙那事，他也有份。"

恶意满满的"他也有份"四个字一如尖锐锋利的刀子，落在季夏的心口上。

她避免不了连累辜遇。

所谓清者自清，很多时候只是无力的自我安慰，有些事不说明白，旁人永远都只会相信最可怕的版本。

有那么一刹那，她想要站起来为辜遇说些什么，可是坐在她身旁的辜遇像是知晓她的冲动，他拉住她，轻轻地摇了摇头。

他眼里的温柔，在告诉季夏，他是她的依赖，他会替她挡住风和雨。

自从养父母相继去世以后，季夏便未依赖过别人。

她曾经很努力地成为巫素洁与季冬的依赖，在过去很长的一段时间里，她好像忘记了，自己也只是一个普普通通的女孩子，自己也需要有人可依赖。

直至辜遇的出现。

季夏抿住唇，吸了吸泛酸的鼻子，即便感动，她也无法说服自己躲在辜遇身后，任由辜遇替她遮风挡雨。

她可以当一只鸵鸟，对所有关于她的议论和揣测不在意，但她不允许有谁因为她而遭受连累，特别是辜遇。

趁辜遇没注意，季夏给朴河寅发去短信：

河寅哥，关于网上的谣言，我想公开发一则律师函给带节奏的各大营销号。如果可以，我也愿意召开记者会澄清事实，希望你能安排一下。

收到季夏的短信，朴河寅着实吃了一惊。

季夏明明对网上的留言一副事不关己的态度，如今却主动提出发布律师函，朴河寅有些捉摸不透，却还是回复了短信。

律师函早就发微博上了。至于记者会，根本没必要，你今晚要上访谈，想澄清什么可以在节目里说。但是，你要记住，别乱说话，什么该说什么不该说自己要清楚，如果不清楚，我回头让公关部给你打个草稿。

原本只是两句话的回复，因为不放心，朴河寅特意又加了一句嘱咐。

对于季夏，其实即使没有聂西闻这层关系，朴河寅也是打心里疼惜她的。世界很大，有天赋又很努力的人不算多，季夏便是其中一个，她对唱歌的热忱也是极少见。在娱乐圈摸爬滚打多年，朴河寅见过太多为了名利而想要挤进娱乐圈里的人，他们眼里的火花，与季夏眼里的火花，是不一样的。

然而季夏的性格并不适合娱乐圈，这也是他最为烦恼的。

朴河寅叹了一口气，给公关部打了一通简短的电话后，又拨通了聂西闻的手机。

早上聂西闻给他打过电话，他在开会没有接到。

“老同学，又找我了解你家小女孩儿的近况吗？”朴河寅开门见山地问。

聂西闻也不掖着藏着：“她最近怎样？”

“老样子吧。在收到她的短信之前，我感觉她心情好像挺好的，可是她刚才突然发信息说想要开记者会澄清。看来不是不在意，也许是因为昨晚商演发生的那个小意外吧。”

“不可能。”聂西闻斩钉截铁地回道。

朴河寅挑起眉头：“哦？你怎么知道？”

聂西闻只是笑了笑，避过了这个问题：“不说了，我一会儿还有个手术，你帮我看着她点儿，别让她再受委屈了。”

聂西闻没有解释，只是因为他自信足够了解季夏。

爱情会遮住一个人的感官，但同时，它也像一台显微镜，对方的喜怒哀乐都会被放大无数倍，即使是对方小心埋藏的心事。

朴河寅忍不住揶揄他："我的老同学，你待她好，她又不知道，喜欢的人也不是你，值得吗？"

闻言，聂西闻沉默了一会儿，笑着回答："她总会知道的。"

——她总会喜欢上我的。

他在心里对自己说。

02

初夏的第一场雨来得特别早，而且毫无征兆。

午时还在招摇过市的阳光，一过下午一点，突然不见了踪影，整个天空瞬间被乌云侵占。

一阵风从城市的上空刮过，咆哮着用力扯下了树枝上的叶子，随之硕大的雨滴纷纷扬扬地落下，在玻璃上敲打出紊乱的节奏，打断了季夏的思绪。

拧紧矿泉水的瓶盖，季夏朝落地窗望去，只见浓雾般的雨幕，顷刻迷蒙了视线。

季夏感觉自己宛若置身于雨幕之中，又冷又无措，她的脑海里回想着微博私信中看到的责问——

@颜童浅is颜家小姐：打着梦想的旗子，却毁掉了别人的梦想，曾经以为你是很励志的人，原来不过如是呢！

@Daisy樱夏：十九岁是拼搏梦想的年纪，希望你记得你的梦想，而不是每日都在谈恋爱。作为粉丝，真的看够你和辜遇的恋情炒作了，才子佳人确实很令人羡慕，我也很欣赏辜遇的才华，但是你们每天见报烦不烦？

@杨烟寒y：本来挺喜欢你的，但是好感度都被你作没了。好好唱歌不好吗？

原本季夏登录微博，只是想转发公司官方的律师函表明态度，可转发完后，她鬼使神差地看起了私信。她很少用公司官方给她申请的微博账号，更别提看私信了，只是随手一翻，通篇都是对她的嘲讽和质疑。

她不难过是不可能的。

“轰隆隆——”

雷声乍起，煞白的闪电劈过深灰色的天空，仿若要将整个天空一分为二。

季夏无端受了一惊，她心有余悸地抬手拍了拍胸口，长出了一口气。

“这雷声可真吓人啊！”身后的小糯同样心有余悸地嘟囔了一句。

“练歌室可以用了吗？”季夏转头看向她。

“可以了。”小糯收起落在玻璃窗上的目光，对季夏微微一笑，“河寅哥让我提醒你，只能练到五点，晚上你还有一个电视台访谈录制的安排。”

“嗯，我知道了。”季夏从沙发上站起来，心不在焉地回道，直至玄关前，她忽然立定了步子，扭头凝眸看着小糯，“小糯，你有没有觉得我变了？有没有觉得，我对唱歌不够热爱了，练歌的次数也少了很多？有没有觉得，我的音准差了许多？或者是，会不会觉得我太沉迷与辜遇谈恋爱，没有从前那么努力了？”

“啊？”季夏突如其来的问题把小糯问糊涂了。

过了半晌，小糯才摇摇头：“季夏，你在胡思乱想什么呢？我没有觉得你音准差了啊。确实，你现在没有每天练歌，但是每天只有二十四个小时，你上课、出席活动都要兼顾，哪可能天天都练歌啊？你每天行程都安排得满满的，能练歌的时候你也都坚持到练歌室练歌，这还不够努力吗？还有我觉得，恋爱是恋爱，唱歌是唱歌，没有人说唱歌就不可以恋爱的啊。”

“是吗？”季夏半信半疑，眉间的褶皱未有半分松懈。

“当然是啊。更何况，就你和辜遇这个相处模式怎么也不可能是沉迷恋爱啊，我反而觉得你给辜遇的时间太少了呢！”小糯摆明是在为辜遇抱不平，可惜满腹心事的季夏完全没有将她的话听进心里去。

季夏默不作声地转过身，包包里微微一震，她掏出手机，是辜遇发来的短信。

听说后天晚上会有白羊座流星雨，我们一起去看看吧，好吗？

季夏双手捧着手机，两只拇指一同停在距离手机屏幕一厘米的位置。

她还未曾见过流星雨，此刻不由得想起了关于流星雨的浪漫传说，突然萌生出将心中那些无处安放的愿望寄给流星去实现的念头。

好啊！

手指比心快一秒，短信被发送出去之后，季夏才回过神来。

轻轻吐了一口气后，季夏将手机调成静音，丢回了包包里，仿若是把心里所有的情绪与顾虑都一同丢了进去，随即她重新抬起头，出门朝练歌室走去。

03

晚上八点钟，A市电视台摄影棚内。

在主持人凌零的介绍下，季夏踏着掌声从幕后走到台前，走进了《零距离》节目的镜头里。

白色的连衣裙穿在季夏身上，衬得她整个人明亮干净、纯真雅致，一字肩的设计露出清秀的锁骨，荷叶边设计的蕾丝料子绕过双肩，在胸前扎起一朵蝴蝶结，些许性感中带了几分少女的活泼和俏皮。

季夏步伐款款地走向主持人，及膝的裙摆摇曳，好似有风钻进了摄影棚内，淘气地缠在她的裙下。

“凌零姐，你好。”还未走到主持人凌零身旁，季夏就礼貌地问好。等站定在凌零身旁以后，她又面朝着观众席，九十度鞠躬：“大家好，我是季夏。”

她笑起来时卧蚕浅浅浮起，一双桃花眼里像住着一个春天。

掌声雷动。

待掌声落罢，资历极其深厚的凌零笑容亲切地说：“欢迎季夏来到《零距离》的现场做客。刚刚季夏叫我凌零姐，这小嘴甜的啊，我都感觉我不过是个二十岁的小姑娘了。”

凌零话音一落，台下一阵欢笑，季夏也笑得腼腆。

凌零将手挡在嘴边，做说悄悄话状，声音却足够让场内观众听得清楚：“我多怕你叫我凌零阿姨啊，毕竟年纪摆在那里。”

“凌零姐不才年长我几岁吗？”季夏说。

“哎呀，你这小姑娘，我就喜欢你这么实诚的人！”凌零掩住嘴，却没掩住自己心花怒放的模样。

其实季夏并没有拍马屁的意思，比她年长二十多岁的凌零确实保养得很好。

两个人你来我往之后，现场气氛已然被调动起来。

这时，凌零打铁趁热，话锋一转：“是这样的，季夏，到姐姐这节目里来的嘉宾呢，都得准备点儿见面礼。我听说你不仅给观众带来了几张签名专辑，还准备献歌一首，不如现在就让大家饱饱耳福？”

季夏浅笑着点头：“这次我不想唱自己的歌，我想唱*You raise me up*（《你鼓舞了我》），这首励志且感恩的歌，我想送给生命中每一个鼓励过我帮助过我的人。”话落，她转头看向舞台边上的配乐老师，礼貌地道，“麻烦老师放一下*You raise me* up的伴奏，谢谢！”

掌声与配乐一齐响起，季夏双手交叉握住话筒，深吸了一口气后，她闭上眼睛，歌声徜徉在空气中：

“When I am down and, oh my soul, so weary.

当我失意低落之时，我的精神是那么疲倦不堪。

When troubles come and my heart burdened be.

当烦恼困难袭来之际，我的内心是那么负担沉重。

Then, I am still and wait here in the silence.

然而我默默地伫立，静静地等待。

Until you come and sit a while with me.

直到你的来临，片刻地和我在一起。

You raise me up, so I can stand on mountains.

你激励了我，故我能立足于群山之巅。

You raise me up,to walk on stormy seas.

你鼓舞了我，故我能行进于暴风雨的洋面。”

五分二十一秒，一首高歌结束，现场的观众都被征服了。许是在季夏的歌声里迷了路，掌声来得有些迟缓，但热烈的程度一分不减。

凌零由衷地发出赞叹：“哇，余音袅袅，简直是一场盛宴！”

被盛赞的季夏微红着脸：“谢谢凌零姐，谢谢大家！”

随后季夏重新坐回长沙发上，这场访谈便真正地开始了。

凌零直入主题，笑着道：“大家都知道，季夏是在H国出道的，我看过H国媒体记者的报道，说季夏是有史以来练习生生涯最短的一个艺人。你只当了一年不到的练习生，这在H国来说，是很罕见的，所以一开始有很多人在揣测你的身份。其实，我也很好奇，今天在这里，你能不能讲一讲，你为什么会在H国出道，又如何在HN公司以最短时间以歌手身份出道呢？”

面对凌零尖锐的问题，季夏丝毫没有慌乱，她微微一笑：“我很感谢HN公司选择了我，对于外面的一些谣传，我觉得大家听过笑笑就行了。我不过是一个很普通的女生，只是在追求梦想的旅途上得到了很多人的帮助，我很感谢这些人。至于说练习生年限，我觉得公司既然让我出道，就证明我达到了出道的标准，当然也是我足够幸运。我很感谢公司，因为公司的赏识，我才会比其他人少经历了一些磨难。”

闻言，凌零向她投去欣赏的眼神：“你真的很懂事呢，在这个年纪，很多人都很容易迷失方向。”

季夏笑得云淡风轻：“大概是从小我的父母亲就教育我要懂得感恩吧。我父亲曾经说过，没有什么是理所当然的。”

季夏的话牵出了凌零想问的另一个问题，她顺势说下去：“看来你父亲对你影响挺深的。既然说到家里人，你曾经在歌坛风光无两的妹妹季冬不得不提。网上关于你和季冬的传言有很多个版本，包括前阵子的酒店天台事件。”

“那天在酒店坠楼的事，正如我在新闻发布会上所说的，只是个意外而已。”季夏耐心解释道。

“那在你心中，妹妹季冬是个怎样的人呢？”

提起季冬，季夏心绪无法像之前那么平静了，她仔细斟酌每一个字眼，生怕说错了话：“季冬在我心里是一个小公主。我和季冬是组合家庭里的孩子，她是我继母的生女，与我并无血缘关系，但一直以来我都当她是亲妹妹。”

“听你这么说，感觉你们的感情挺不错的。”凌零感叹了一句。

“是啊！”季夏脸上的笑有些生硬。

“当初关于你是季冬代唱的新闻一出来，许多人都在替你不值。后来你消失了一年，再出现时已在H国出道了，而你脸上多年的伤疤也因为手术而消失，你是因为要出道才去做整形手术的吗？”

“我……”季夏心下一紧，手不自觉地抚上脸颊，触感光滑，那里早已没有疤痕，可她清楚地记得伤疤的位置，以及它曾经的模样。

一个深呼吸落下，她的声音低沉了下去：“修复伤疤是一个意外，不过我应该感谢这个意外。因为我在出道前，曾见过几个经纪人和音乐监制，他们认为我只有去整容，才会有唱片公司愿意签我。机缘巧合之下，我修复了伤疤，而后便幸运地得到了出道的机会。我很感谢HN公司给我机会，让我站在舞台上，同时我也真诚地希望每一个喜欢我的人，都是因为我的歌声而喜欢我。”

凌零眼里有了些许疼惜，安慰起季夏来：“我觉得无关外貌，只要这个人足够善良勇敢，大家总能发现他身上所拥有的魅力。”

“有一句话是这样说的，‘欲戴王冠，必承其重’，希望这句话能够帮得到你。”凌零面朝观众，“无论季夏修复伤疤是什么原因，这张脸是属于她的，旁人没有资格多说什么。我相信季夏的粉丝之所以喜欢季夏，是因为她的歌，而不是她的脸，大家说是吧？”

“是的！季夏，你是最好的！”台下歌迷配合着大声回应。

“谢谢，谢谢大家！”季夏感动地鞠了一个躬。

凌零不等她多说什么，马上抛出了重头问题：“节目到了这里，有个问题呢，我一直犹豫着要不要问。从公布嘉宾开始，就有很多网友私信我，要我一定要问这个问题，所以我反复想了想，决定还是问一问你。关于陆星橙，你和她的真实关系是怎样的？网上有一种言论，称是你害她失声无法出道。”

季夏一直在等待这个问题，她深吸了一口气，抬起头，目光变得坚定起来。

她直视着镜头，一字一句地说：“我和陆星橙只是普通的校友关系，对她的失声以及不幸离世，我深感遗憾。我要说明的是，我从来都没有害过陆星橙。另外，我想强调一点，辜遇自始至终都是最无辜的人。无论大家怎么猜测怀疑我，我都无所谓，但这件事不应该牵扯到辜遇，无法拿出确凿证据的谣传，都是诋毁和诽谤。我衷心希望，有些仅仅基于‘随口一说’的舆论适可而止。”

话音落下，季夏隐约听见了自己的心跳。

“扑通、扑通、扑通……”

紧张，却不害怕。

04

H国首都的下午一点钟，你所在的城市是中午十二点钟。H国首都的傍晚六点，你的城市是下午五点。今天的大雨朦胧了整个H国首都，看着窗外朦胧的世界，我在想，如果我去到你的城市，是不是就能挽留这一个小时的时差呢？

看到聂西闻发来的短信时，季夏刚离开公司。

目光定格在文字上好一会儿之后，季夏手指一戳，退出了收件箱。

一如H国首都与A市之间无法消去的一小时时差，聂西闻等了一个多小时，才等到季夏的“已阅”。

然而，这个世界上不是所有的等待都能等来一个答复，就好似永远跨不过的时差，深谙聂西闻心意的季夏永远都无法给予他一个称心的回复。

装作从未读懂聂西闻的心思，就连他的喜怒哀乐，季夏都不敢多费一秒去揣测。她丝毫没有察觉到对方字里行间的伤感，更不知道，聂西闻的伤感正是因为她特意就陆星橙事件替辜遇澄清的那些话。

季夏坐在车里出神之际，思绪忽地被自己的声音打断，她偏头看去，只见小糯正捧着平板电脑慌张地将视频的声量调小。

自知惊扰到了季夏，小糯赶紧解释道：“我只是想看看评论，不小心就错点了视频。”

小糯说的视频，是《零距离》节目组放出来的预告片。

预告片时长不到一分钟，截取了她替辜遇澄清的一段话，这是HN公司在季夏的强烈要求下，与节目组事先谈好的。

季夏沉默了一瞬，问小糯：“网上都怎么说？还有没有人说辜遇与陆星橙失声或自杀的事情有关系？”

小糯悻悻地笑着：“有是有的，但很少，目前黑你的人比较多。”说完，她悄悄抬眼观察季夏的表情。

季夏没有再接话，嘴角露出了浅浅的微笑。她没想过上一次节目，就能将身上的骂名洗清，只要大家不再针对辜遇，她的目的就达到了。

她抬手掀开挡在车窗前的黑色遮光帘，街灯昏黄的光即刻映在玻璃上，她伸了伸脑袋，将脸凑近车窗。晚上七点多，城市华灯初上，炫目的霓虹落在城市的街道上，迷离了繁华与喧闹，也朦胧了路边的行色匆匆。

凝目对着窗外发了一小会儿的呆，季夏倦意渐浓，忍不住打了个哈欠，下一秒灰尘落入喉咙一阵发痒，她皱着眉猛咳嗽起来。

小糯连忙递上一瓶水：“快喝点儿水吧，你今天在公司练歌练太久了。”

季夏接过水瓶，“咕咚咕咚”地灌了大半瓶的水，清了清嗓子，才回话道：“比我预计的少练了两个小时。”

小糯提醒她：“别忘了你与辜遇约好了今天要一起看流星啊。”

见季夏没有作声，似乎有要失约的打算，她立马戳了戳季夏的肩膀，郑重其事地说：“你今天一整天都在练歌室里，已经够努力了！”

够努力了吗？

季夏神色凝重，紧蹙着的眉心里满是惆怅。

这个世界上，有天赋的人不少，努力的人更是多不胜数，她的小小努力多么微不足道。

在她看来，努力是永远不够的。

况且当下大家都在质疑她只顾着恋爱，而荒废了唱歌，她更要拼命努力，拿出一番成绩证明自己。

念想至此，季夏深吸了一口气，偏头看向紧张兮兮的小糯，故作轻松地笑了。

“你放心啦，我会去的。”

所有的心事好似都到此结束。

等季夏回到公寓洗漱完毕，换上清爽的T恤和背带牛仔裤后，辜遇早已等候在客厅里。仿佛约好了似的，辜遇也穿着白色T恤和牛仔裤。两个人四目相对，默契地笑了。

小糯忍不住感叹：“你俩真合衬！”

季夏脸颊不由得一红，佯怒地瞪了她一眼，知情识趣的小糯连忙笑着捂住嘴巴。

辜遇倒是大方，说了声“谢谢”，随即自然地牵起季夏的手，满眼宠溺地说：“那我们走吧。”

“嗯。”季夏点头。

下一秒，季夏把手抽离的动作令辜遇不自觉地微蹙起眉头，他尚未来得及思量，季夏很快就从背包里拿出口罩戴上，之后又将手重新放进他的手心里，握紧他的手。

辜遇眉心舒展，也握紧了季夏的手。

一旁的小糯双手捧脸，满脸的羡慕。

这个瞬间，小糯兀地想起在书里看过的一句话：喜欢一个人，即使捂住嘴巴，也会从眼睛里跑出来。

季夏也一定很喜欢宰遇，不然，戴上了口罩蒙住了大半张脸的她，眼睛里怎么会有爱意悄悄出逃，就连自己这个旁观者，都闻到了空气中甜蜜的味道。

两个人走到玄关处换鞋，宰遇边换边问道：“你想好等下要许什么愿望了吗？”

“嗯，不过，是秘密。”

“连我都不能说吗？”宰遇好奇地挑眉。

季夏展颜一笑：“如果你是流星的话，我就告诉你啊。你呢？你有什么愿望？”

“我的愿望可不是什么大秘密，告诉你也不是不行，但是你得当一回流星，帮我实现愿望。”宰遇露出神秘的表情。

“那……你还是不要告诉我了。”

“不行，我就想告诉你……”

两个人推门而出，大门缓缓合上，声音渐渐消失在走廊的尽头，屋子里还残留着一丝半点儿的甜蜜。

夏天可真是个适合恋爱的季节呢！

小糯笑眯了眼，心下感叹。

美好的爱情总会叫人心生羡慕，只是当局者也好，旁观者也罢，这一刻谁也未曾预见未来的分开。

05

六月的夜，闪烁的星星宛若钻石一般，点缀在漆黑的夜空里。初夏的风游荡在郊外，吻过天边的云，然后笑嘻嘻地穿过林间，撩起女孩儿肩上的秀发，将飘落的树叶丢在了男孩儿的头上。

等淘气的风过去，季夏这才抬手将吹乱的头发撩到耳后，余光中瞥见了辜遇头上的叶子，她伸手拿下了那片绿叶。

辜遇兀地想起了在公寓的电梯前，他告诉季夏的那个愿望：他希望余生的每一天都能和她在一起。

他明白，余生之于他们，尚是个沉重的词。

他二十岁，她十九岁，人生才过了四分之一而已，余生还长，不必惦记。

可是每每想起季夏坠海的那一晚，他总觉得余生太短太短，短到他心有余悸，毕竟未来充斥着太多的未知，谁也不知道下一秒会发生什么。

这时，不远处传来两个女生的交谈声——

“啊，这首是季夏唱的，跳过吧。”

“挺好听的，干吗跳过？”

“人品即歌品，她人品那么差，唱的歌当然不能听啦。”

“你是说陆星橙那事？明星的事情谁说得清楚啦，我们都不是当事人。不过说真的，要是她真的害过陆星橙，警察早就抓她了吧。”

“这才说明这个人不简单，她下药害了人家陆星橙，还能安然无恙。”

“你也太阴谋论了吧？”

“是吗？反正我不喜欢她。你不觉得她看着很有心机吗？你想想，她之前怎么不整容，偏偏整垮了季冬之后才去整，整容之后就跟南盛情侣出道，有那么巧合吗？如果季夏没有整容，根本就不可能有机会出道，只能一辈子当代唱。我不说她跟辜遇、南盛那点儿剪不断理还乱的事情了，就说最洗不白的一点，一个歌手居然以前是别人的代唱！”

“代唱的事，最大受益者是季冬啊。”

“季冬作假固然讨人厌，但季夏也好不到哪里去啊！姐妹俩把喜欢她们的粉丝都当作傻瓜了，我就不明白，你为什么那么喜欢听她的歌？你也是傻瓜之一。”

两个女生的对话，像一场滂沱大雨，“噼里啪啦”地砸在季夏的心间。她难过地低下头，任由头发将自己的脸遮挡住。

幸遇刚要转过身去制止两个女生的交谈，季夏连忙拉住幸遇，手用力地抓住他的手臂。

“她们也没有说错啊。”

她的语调云淡风轻，可脸上的笑容是苦涩的，水雾弥漫了眼底。

幸遇的心脏揪疼了起来，他凝眸看着季夏，想说些安慰的话，却半天都找不到合适的词汇。

周围越来越喧嚣，大家都前来等待这场流星雨，平日里静寂清幽的郊外山顶，如今布满人潮。

没有人发现，季夏与幸遇就藏身在人潮当中。

幸遇思虑一瞬，从背包里拿出耳机连接上手机，其中一只耳机戴到季夏的右耳。很快，季夏在喧嚣中听到了自己的歌声。

是《鱼有泪》。

幸遇的声音穿插在歌声里：“你还记得我们第一次见面……啊，不是，是第二次见面的地方吗？当时你在湖边拍摄《鱼有泪》的MV（音乐电视）。”

季夏没有说话，只抬眼看着他。

“我本来想跟你一起去那个湖边的，我想那里应该不会有什么人去看流星雨，可是不巧，前阵子有人在那附近出了事故，整个林子都被封锁了。”

季夏勾了勾嘴角：“这里也很好。”

幸遇认真地看着她：“你也很好。”

不仅仅是安慰的话，在幸遇心里，季夏是真的很好，好到他时常害怕自己配不上她，尤其是早上在网上看到《零距离》官方微博发出的预告视频，他更是受宠若惊。相识以来，季夏一向都只用“清者自清”来回应那些流言蜚语，他从未想过，她竟会特意上节目替他澄清那些针对他的诽谤。

他相信，在季夏心里，他是非常重要的那一个。

如果，聂西闻没有出现的话。

在两个人浅笑对视时，不知谁声音高亢，喊了一句“流星”，周围变得更加喧闹起来。

闻声，两个人一同抬头看向天空。

只见一颗颗流星拖着闪耀的尾巴，迅捷地划过夜空，将初夏的夜照得明亮璀璨。

大家都手忙脚乱地许起了愿，幸遇偏头看着季夏，星光映照在她的脸上，令她的轮廓柔和了几分。她合着眼睛，双手并拢在胸前，一脸虔诚地在许愿。

她的愿望里，会不会有他？

好奇的他凝望着季夏，却忘了向流星许下他的心愿。

十分钟过去，流星还在不停地坠落。

被星光笼罩的地面上，依然有许多人低头虔诚地许着愿。

流星一颗一颗划过天空，人们把愿望一个一个抛向了流星，没有人想过，流星也在陨落，它也自身难保。

季夏轻轻睁开眼睛，看到陨落的流星发出灼亮的光，不过刹那便熄灭了，稍纵即逝，仿佛带着她的愿望一起坠落在世界的某个角落，然后一一粉碎。

“嘭”一声，仿佛有流星在她的心上砸出了一个巨大的坑。

夜晚的风，轻轻地从人群中穿过，企图盗走人们指尖上的愿望。

季夏暗暗叹了一口气，昂起头，露出无所畏惧的表情。

她心下清明得很，这风或许可以盗走那些人的愿望，但盗不走她的愿望，因为她清楚地知道，要想得到某种东西，就应该凭着自己的努力去争取。

无论是她的星途，还是与亲生父母的团聚，以及和辜遇的未来。

于是，她抬手整理了一下被风吹乱了的头发，小声唤辜遇道：“我们回去吧。”

辜遇有些错愕：“这么快？流星雨还没结束呢……”

“这个时间，公司的练歌室没有人在用，努力练歌比在这里向流星雨许愿更令人安心。”

辜遇虽然看不见季夏口罩下的表情，但依稀分辨得出她在笑，辜遇却笑不出来。

“练歌，比我更重要吗？”他语气有些黯然。

“我不是这个意思。”季夏抿了抿唇，解释道，“我只是想做好自己分内的事，想努力唱好每一首歌。”

——想得到更多人的认可，想成为更加闪耀的歌手，而不是稍纵即逝的流星。

望着季夏，辜遇能够感觉得到，她眼里有一种迫切而炽热的渴望。

她的梦想，他怎么能不支持呢？

她要努力，他怎么能变成她的阻力呢？

辜遇默不作声地将失意藏起，浅笑着牵过她的手，温柔的口吻一如平常：“我明白了。走吧，我送你回公司，陪你练歌也算是约会吧。”

辜遇如此体贴，倒让季夏有些内疚。

她收住了脚步，凝神盯着他微蹙的眉心：“你生气了吗？”

她是在意他的情绪的。

这就够了。

辜遇轻笑出声，坦承道："本来是有一点点的，但现在不生气了，舍不得把时间拿来和你置气。"

"真的？"

"走啦，再不走你就没时间练歌了。"

眉心舒展开来的辜遇笑容又灿烂了几分，见此，原本半信半疑的季夏终于安心下来。

车子开到公司门口时，已是晚上十点。

辜遇将车子停在路旁，下车小跑着绕到副驾驶门外，打开车门，手一边护在季夏的头顶，一边贴心地道："你先上去，我把车子停好再去附近的便利店买点儿吃的，你有没有什么想吃的？"

被勒令管理身材的季夏每顿饭都只吃个六分饱，辜遇怕她晚些时候会觉得饿。

季夏摘掉了口罩，故作苦恼地嘟起嘴，表情里的可爱一览无余："都这么晚了，我只能喝水呢。"

辜遇抬手揉了揉她脑袋，"自作主张"地说："那我给你带点儿水果沙拉，不放沙拉酱。"

"不放沙拉酱。"

最后五个字，两个人异口同声。

一百分的默契，令两个人的笑容更加甜，目送着季夏进了公司大门后，辜遇回到车里。他一只手搭在方向盘上，另一只手正要扭动车钥匙时，车内响起一阵轻微的声音。

"嗡——"

像是手机在振动。

循着声音，辜遇看向副驾驶位，很快就发现季夏的手机卡在了座椅的缝隙里，屏幕正亮着光。

真是粗心呢！

宠溺的叹息声落下，辜遇拿起手机，屏幕上的几条短信的内容映入了眼帘。

他本无意要去窥探什么，只是匆匆扫过一眼，就敏锐地捕捉到了发件人的名字——聂西闻。

鬼使神差般，像有人控制了他的手，下一秒，他的拇指娴熟地按下锁屏密码。

今天遇见一个病人，她的笑容好像你。

吃紫菜包饭时，突然想起了你做的紫菜包饭的味道。

你有没有想过，如果我比辜遇更早遇见你，我们之间是不是会有另一个结局？

刚刚听说今晚会有流星雨，你在的城市恰巧能看见，你有没有许愿？许了什么样的愿望？

辜遇眉心瞬间挤出了折痕。

短信里的暧昧语气，让辜遇感觉到了威胁。

说起来，他从来没有听季夏提起过“聂西闻”这三个字，关于她失踪的那一年，她也没有对他详述过。他所知道的一切，都是从新闻和杂志报道中得来的。

他的心忽地不畅快起来，柠檬的酸味萦绕整个心房。

第四章

夏日有张阴晴不定的脸

01

昼长夜短的夏季，临近七点钟，天仍然是亮着的，霞光漫步在天上，像橘红色的绸缎泡在了水里，刚染上的颜色随着水纹一点点晕染开来，深深浅浅的波纹毫无规律可循，偏偏将夕阳粉饰得更加魅惑。

季夏坐在图书馆里，隔着米白色的桌子，面向玻璃窗。

落日的余晖透过玻璃窗，映照在她的身上，如一道怡人的风景。

宰遇从不远处的书架深处走出来，过几天就要进行期末考试，季夏把所有的时间都放在期末复习和练歌上，被冷落的他原本是来“兴师问罪”的，可是看见季夏的这一刻，他一下子没办法对她生气了。

他长叹了一口气，走到她身旁。

“季夏。”

闻声，季夏抬起头来，讶异地轻声问他：“你怎么过来了？”

宰遇故作无奈：“你这么问，表示你也知道现在是晚饭时间，所以你怎么还不回去？今天下午你只有两节课，课后就在图书馆待到现在，不打算吃晚饭吗？”

“我不饿。”季夏不好意思地吐了吐舌头。

“不饿也要吃饭。”宰遇难得强势，他将桌子上的书合上，一脸的不容拒绝。

“好吧。”季夏妥协了，她拿过书放进背包里，“那就在食堂随便吃点儿吧，我晚点儿还要去练歌。”

“时间安排得这么紧，你不累吗？你最近不是都把活动给推掉了吗？新专辑也在筹备阶段，没有必要这么紧张吧？劳逸结合才是最好的方式。”宰遇虽然有些吃味，但更多的是在担心季夏的身体。

宰遇哪里知道，对于季夏来说，只有不停努力，更加努力，心才能踏实一些。

她什么也没说，只是抿嘴一笑，挽着他的手出了图书馆。

夜幕悄悄来临，方才还漫着霞光的天空已经黑了大半，只余下一小抹淡橘色的霞光撑着最后的倔强，挣扎在远处的天际。

手机的短信提醒声打破了两个人之间的沉默。

“叮——”

“叮——”

接连两声，中间仅隔一秒，代表有两条短信抵达她的手机。

季夏从牛仔裤口袋里拿出手机，手指轻触了几下屏幕后，便又放回了口袋。

辜遇不自觉斜了过去的视线立马收回。

他什么也没看见。

心里鄙夷自己偷看行为的同时，他也在懊恼自己为什么连一个字都没有看清楚。

他不仅联想到聂西闻，想起几日前的那个晚上，聂西闻发给季夏的短信。

辜遇没能按捺住自己的好奇心与醋意，佯作若无其事地问季夏："是谁发的短信？"

与他暗藏在心底的紧张相比，季夏则一脸轻描淡写，只回了三个字："聂医生。"

疏远客气的称谓，一如那晚她向辜遇解释她与聂西闻的关系——"哦，聂医生，他是我在H国认识的一个医生，也是我的救命恩人。"

之后便没了下文。

顿了顿，辜遇看着脚下偎依在一起的影子："你在H国的那一年是怎么过的？"

重逢之后，他们之间并没有多少时间去追究过去的那一年，他没问起过，而季夏也没主动提起。

直到辜遇知晓了聂西闻的存在。

辜遇侧脸看向季夏，校道上微醺的灯光映在她的脸上，一瞬间，他似乎看见了她眼里有稍纵即逝的难过。

而他的错愕才起，她已经换上了笑容。

"就很努力地过啊。"

略微敷衍的答案，衬得她脸上的笑容都不够真诚，辜遇不由得蹙起眉头，还想说些什么，季夏就拉着他小跑了起来。

她说："到了。"

风轻轻吹来，将他耳边绵绵的声音吹散了。

02

晚饭时间，食堂里热闹得很。

辜遇与季夏拿了餐，随意找了个角落面对面坐下，周遭闹哄哄的，唯独他们两个很安静。

介怀着季夏与聂西闻的那一年，辜遇手中的筷子漫不经心地在饭菜间来回。

对辜遇的胡思乱想一无所知的季夏，正低头将凉水倒进装有糖拌西红柿的碗里，拿起筷子夹住西红柿在水里涮了两下，尔后才将西红柿夹起来，一块块放进餐盘里。

说好随便吃点儿，她却吃得一点儿也不随便，餐盘里只有一份水煮青菜和一份被洗去糖粉的西红柿，除此以外再不见半颗米粒。

“你就吃这么一点儿？还要洗掉西红柿上面的糖粉？”

“河寅哥说了，我得保持身材，胖了上镜不好看。”

“你现在又不用上镜。”辜遇夹起一大块咕噜肉往季夏的餐盘里搁去。

“不行！要吃了这一块肉，我起码得做三十个俯卧撑啊！”季夏赶紧捂住餐盘。

两个人僵持的时候，季夏的手机响了起来，她掏出手机一看，是聂西闻打来的电话。

她饭前收到的那两条短信兀地浮现在脑海中——

今天又是下雨天，天黑得比往常早，越是到晚上，就越是想起和你在一起的日子。

突然间记起来，我答应过要带你去济州岛的，我们应该还有时间一起去一次吧？

她没有回复聂西闻的短信，不承想十几分钟后他会拨来国际长途电话。

最近，季夏越发频繁地收到聂西闻发来的短信，面对他发来的暗存暧昧的短信，她找不到合适的话语回复，只好全部搁置。她犹豫着要不要接起这通电话。

辜遇敏感地察觉到了什么，他抬起头，看到她眉心紧蹙：“怎么了？”

季夏摇摇头，回以微笑表示“没事”，但捧着手机的手没有下一步动作。

辜遇忍不住追问：“是谁啊？”

隔了好一会儿，季夏答道：“是聂医生。”话落，她的手不自觉地按下了接听键。

她没有注意到，接通电话的这一秒，辜遇整个人都紧绷着，耳朵也竖了起来。

食堂里人声鼎沸，太多杂音充斥在空气中，季夏始终没法听清楚电话里的声音，连续唤了三声“聂医生”，也只能听得见对方断断续续的声音。她只好起身，朝辜遇做了个手势，然后走出了食堂。

明知道季夏之所以走开，是因为这里的环境嘈杂，但辜遇仍然觉得心下不爽。他很想跟上去，把耳朵贴在手机上，听一听聂西闻究竟要说些什么。但在放下筷子的那一瞬间，他又将筷子握紧，笔直地戳了戳餐盘，佯作若无其事地夹起一块咕噜肉，塞进了嘴里。

嘴里的咕噜肉是酸还是甜，他没有尝出味道。

当季夏回到餐桌前时，始终一个字也没有对他提起那通电话。

在沉默里酝酿了好一会儿，终于，辜遇打破了两个人间的寂静。

“聂西闻找你做什么？”

季夏嘴里正吃着西红柿，她含糊着声音道：“没有什么特别的，只是闲聊了几句。”

其实她有些心虚，目光不敢在辜遇的脸上停留。

方才的那一通电话里，聂西闻问她：“如果我快要死了，你愿不愿意陪我走完剩下的日子，以我女朋友的身份。”

聂西闻的语气哀伤又无助，一点儿也不像是记忆中那个成熟稳重的人。

季夏当即愣住了，沉默半晌后，她给出了令他失望的答案。但聂西闻只是笑着解释：“刚刚的告白，只是我打赌输了的惩罚。”

“你真的没事？”季夏半信半疑。

聂西闻回以玩笑的口吻：“假如你刚才说‘会’，或者是‘愿意’，那我没事也得有事啊。”

“没事的话，我去吃饭了，辜遇在等我。”

聂西闻的暧昧她招架不来，只好搬出辜遇，只是挂断电话前，她想起他发来的那些总是带着伤感的短信，心里忽然有些不安，便又补了两句：“聂医生，如果你在工作上，或者生活上遇到了不如意的事情，可以跟我说说，以朋友的身份。至于其他，我相信你会遇见更好的女生，你们会一起去济州岛，你一定会比我更幸福。”

辜遇的声音打断了季夏的思绪：“我很在意那个聂西闻的存在。

“我的意思是，我吃醋了，虽然我不想承认。”

季夏“扑哧”一声笑了，尔后她轻咳了两声，严肃认真地道：“如果他对我很重要，我一定会介绍给你认识的。”

见辜遇没接话，季夏又添了一句解释：“他不重要，我没必要刻意提起，而你才是最重要的，所以每一个对我来说重要的人，我都会介绍给最重要的你认识。”

话落，季夏白皙的脸微微泛起了绯色。

鲜少听到这种话从季夏口中说出，辜遇怔了一秒，立马喜笑颜开，孩子气的笑脸已不见半分妒忌。

原来他不需要去妒忌聂西闻，因为在季夏的心里，没有人比他更重要。

就算聂西闻对季夏存有觊觎之心，他也不需要担忧，他要坚信，现在以及未来陪在她身边的，只会是他。

所有的芥蒂都应该到此为止。

辜遇做了决定。

03

一周后。

早上十点多，季夏结束了期末考试的最后一门，按照计划，从学校出来后直奔公司。前两天，朴河寅告诉她，她的新专辑已经收录到了第一首歌，等期末考试结束，她就要展开新专辑的录音工作了，所以一直惦记着新歌的她第一时间就赶往了公司。

到公司见到辜遇，季夏才知道，她新专辑的第一首歌来自辜遇。

作曲和填词皆是他。

季夏顿时又惊又喜，嘴角忍不住翘起，说话的语气却故意带着责怪：“我竟然不是第一个见到曲谱的人。”

辜遇宠溺地摸了摸她的脑袋：“我不想影响你考试，正好给你一个惊喜啊。”

季夏抿嘴笑了，没有接他的话茬，她将目光移到曲谱的歌名上面：“流星狂欢曲？”她悄然想起十多日前的那个晚上。

辜遇没有回话，而是坐在椅子上，抱起吉他，边弹边唱了起来：

“男：
夏的夜晚，流星狂欢的盛宴；
风在呢喃，少女虔诚地许愿；
我守在你身边，像是骑士般紧张，怕风偷走了你的愿望；
亿万流星的璀璨，是我想念你时的心跳，心欢欢又惶惶。

女：
粉色便利贴铺满了心房，
一张一张，扑通扑通，是红了脸的心愿；
蓝色的思念涂抹在墙上，
一点一点，静静悄悄，我私藏了你容颜。

合唱：
哦——
我明明，存下了一千零一个愿望，
在这一分钟，怎么统统都遗忘？

我明明，准备好乘着流星去流浪，
在这个夜晚，怎只想和你对望？
哦——

女：
你大概不知道，
亿万颗流星的璀璨，都不及你的光芒。

男：
你怎么会知道，
我竖起耳朵，想要偷听你的秘密，转头却吻上了蜂蜜……”

旋律与歌词皆是俏皮可爱的恋爱风，与辜遇先前的词作风格截然不同。

如果一开始没有告诉她这首歌的词曲作者是辜遇的话，季夏根本想不到这是辜遇的作品。

旋律悠扬轻快，基调甜美浪漫，字里行间勾勒出少女的虔诚娇羞，以及陷入热恋中的男孩儿因怦然的心动而不知所措。辜遇一人分饰两角，女声部分在甜美度和娇羞度上面有所欠缺，但在歌词里男生面对喜欢的女生时忐忑无措的心情，辜遇的把握游刃有余，叫人一听便想要来一场甜蜜的恋爱。

季夏不知道，这首歌曾经差一点儿就走向迥然相异的另一番模样。

与季夏一起看流星雨的那个瞬间，辜遇脑子里萌生了这首歌最初的旋律与歌词，然而尚未将这首歌记录下来时，辜遇看见了聂西闻发给季夏的短信。

于是《流星狂欢曲》被心烦意乱的辜遇打入了“冷宫”。

直到季夏的那一句“他不重要”，释然的辜遇才将搁置的曲和词重拾。

不过，对于新歌的“过去”，辜遇不打算透露给季夏，以免让她觉得他小气。

上午的阳光穿过玻璃窗充盈着整个房间，琴弦在辜遇的指间微颤，音符恍若粉色的气泡，一个接着一个，很快漾满了甜蜜。

辜遇陶醉在歌声中，嘴角含笑，如同歌词里所描写的那样，他好像“吻上了蜂蜜”，连空气都甜得发腻。

见状，季夏嘴角不自觉地跟着往上翘，只是当辜遇抬眼与她对望时，她到底有些心虚。

一个仓促的约会之夜，辜遇却能谱写出如此动人的歌曲，让她有些惶恐和愧疚。

结束了弹唱，辜遇望着季夏，眼中满是期待。

季夏毫不吝啬地夸赞道："这首歌跟你以前的风格很不一样，但是感觉很好。"

辜遇脸上的笑容越发灿烂："我已经跟Heinz说了，这首歌我要与你合唱。"

这是辜遇第一次心怀冲动，殷切地想要参与一首歌的演唱。

他从来都是幕后，在这首歌之前，他从未想过，有朝一日他也会与"歌手"沾边。虽然没有台前歌唱的经验，但他心中自信满满，没有谁会比他更适合，无论是嗓音声线，还是对情感的把握。

除此以外，最重要的是，要他把这首歌的另一半拱手让给另一个男生，他心有不甘，也不舍得割舍。

这强烈的占有欲，是他"不可告人"的秘密。

看见了辜遇眼里闪闪发亮的期待，季夏也不由自主地期待起他们的第一次情歌对唱。

然而也许是太过期待，太想要做到完美，以至无形中压力倍增，当季夏与辜遇一同在练歌室里练唱新歌时，她总是不停地出错。

越出错，越不知所措，就越不停犯错，一直到下午三点多，季夏居然连咬字不清这种低级错误都犯了。

辜遇面色严肃地喊了停："我们休息一下吧。"

其实在此之前，辜遇已经提出了好几次的休息建议，可是受了挫的季夏不肯休息，一心只想要努力跨过这道坎。

她低着头，眉头紧锁，牙齿咬住下嘴唇，像在与自己赌气。

见她情绪低落，辜遇轻叹一声，伸手摸了摸她的脑袋，语气温柔地说："不要急，你能唱好的。可能你最近太累了，所以状态不好。我们先休息一下，晚点儿继续。"

季夏摇摇头，一声不吭，她从未像现在这般受挫。

见季夏如此固执，辜遇也束手无策，只能沉默地站在一旁。

这时短信提醒音打破了沉默，辜遇掏出手机一看，短信来自一个陌生的号码。

我知道你要找的女孩儿在哪里，但我需要两千块钱的报酬，如果你愿意支付两千块钱，现在就到海洋公园来找我，逾时不候。

辜遇的眼睛顿时一亮，惊喜与惶然碰撞出火光，他下意识地屏住呼吸，紧张得心跳加速。

“有那个女孩子的消息了，我现在要出去一趟。”

他匆匆留下一句交代，转身便出了练歌室，连说一句“再见”的时间都没有留给季夏。

季夏抬起头时，辜遇的身影已经消失在了门口。磁力门缓缓地合上，轻轻一声“啪嗒”散在空气中，整个练歌室又恢复了静寂。

她抿住了唇，突然有些难过。

04

晚上十点多，空气是闷热的。

季夏从公司出来，一股热浪猛然涌来，直直扑到她身上，宛若这夏夜赠予的一个热情拥抱，紧随在她身旁的小糯口气埋怨地说了一声“真热啊”。

保姆车就停在前方，十步左右的距离。上车以后，季夏把头靠在车窗上，合上眼睛，眉心紧锁，一副心事重重的模样。

车子一路稳行，车内寂若无人。

心知季夏因练歌不顺而不开心，小糯试图开导她，可张口却寻不到合适的话语，最终只好作罢。半晌过去，百无聊赖的她拿出手机刷起了微博。

季冬的声音毫无预兆地从手机扩音器里传出，小糯自己也吓了一跳，她慌忙按住手机的一侧，将音量调到最低。

季夏猛地坐直身板，睁开眼，朝小糯看去：“你在看什么？”

小糯讪讪地笑着，不敢回答。

自从在那次的记者会上，季夏为保全季冬，公开宣布与南盛“分手”之后，朴河寅便吩咐小糯，要她把季夏看紧点儿，不要让季夏与季冬再有接触。小糯本来很发愁怎么办，好在那之后季夏与季冬心有灵犀一般，再无任何联系。

见小糯不肯回答，季夏眉心一拧，自顾自地夺过了她的手机。

季夏手指娴熟地滑过屏幕，点开刚才的视频，又将音量调大一些。

季冬熟悉的嗓音漫入了季夏的耳朵里：“是的，接下来我会到香港发展，我妈妈会陪着我一起。现在我们已经和香港那边的制片方谈好了一部新戏，是女一号。戏份很重，角色发展空间很大，不过因为签署了保密协议，其他信息暂时没办法透露，抱歉了呢！”

这是一个网上视频平台的简短采访，季冬在镜头里笑得甜美。她剪去了一头长发，及肩的头发烫成梨花卷，配上轻盈的空气刘海，整个人显得率真可爱。

季冬的话刚落下，采访的记者便又抛出了下一个问题，而季夏已无心听下去，她的脑子里只有三个词：香港、新戏、女一号。

隐约觉得哪里有些不妥，她微蹙着眉，眸子里抹上了一层灰暗的忧郁。

虽然无法释怀巫素洁与季冬对自己身世的欺瞒，但昔日的姐妹情谊终究不假，她仍旧会本能地担心季冬。

小糯疑惑地挠了挠后脑勺：“她不是跟南盛在一起吗？怎么自己去香港发展了？

南盛回H国了，我以为她也会一起跟去，他们该不会是分手了吧？”

他们分手了吗？

听了小糯的话，季夏更加忧心忡忡。

当初盛夏组合解散，季夏留在了国内发展，而南盛因为与季冬的恋情曝光，惹怒了公司高层，被公司召回H国发展。但大家心知肚明的是，回H国发展只是门面话，其实南盛是被公司以儆效尤地雪藏了。

南盛事业的停滞，意味着他与季冬的感情前途未卜。

当初两个人信誓旦旦，无论面临多少困难都要携手走下去的，承诺就这么轻易地被现实瓦解了吗？

包里的手机忽然响了起来，打断了季夏纷扰的思绪，她把手机还给小糯，从包里拿出自己的手机。在看到屏幕上辜遇名字的刹那，她的拇指僵硬在了屏幕上方。

想起下午辜遇匆匆离开的身影，季夏心里很不是滋味。

她忽然发现，自己远没有自以为的那么大方。她很在意辜遇对当年他无意中伤害的女生的在意程度，甚至在明知道辜遇对自己心意的情况下，她也忍不住有些吃醋。

莫名的患得患失，让她连呼吸都变得困难，当初的沈思滢看着她与辜遇，心里是否也是这般难受呢？

见季夏眉头紧锁，小糯看了一眼她的手机屏幕，小心翼翼地问：“是辜遇哦，你不接吗？”

季夏抿紧唇，一声不吭，直到手机铃声停歇了，她才如释重负一般，长舒了一口气。

小糯不懂她在想什么：“你为什么不接电话呢？”

季夏仍然不说话。

小糯有些焦虑地抓了抓头发：“你们下午该不会是吵架了吧？”

“没有。”季夏终于开口了。

“那你是怎么回事啊？”小糯追问，“季夏，你们好不容易在一起，有什么误会说清楚就好了嘛。不能冷战的，情侣一旦冷战很容易就凉了！你们那么喜欢对方，可不能轻易就冷战，放弃对方啊。”

小糯的话音刚落下，季夏的手机发出一声短促的“叮”。

是短信进来了。

季夏打开手机一看，原来晚上七点多的时候，辜遇给她发过短信。

白跑了一趟，那个人只是个骗子。

手机又调静音，所以听不见我打给你的电话吧。我刚从派出所回来，有些累了，先睡了，明天见。

两条短信，相差三个小时。

季夏呆呆地望着三个小时前那条仅有十三个字的短信，她想象得出他失落的模样。

她不由自主地暗自呢喃：“是你太过在乎她，骗子才有机可乘。”

这样嫉妒的自己，她觉得很陌生，纵使理智提醒她不该心存芥蒂，她仍无法压下心里的情绪，想起他曾经为那个女生写下的词，感受过他对那个女生的念念不忘，季夏的心陷入了困局。

05

翌日早上，辜遇醒来的第一件事就是查看手机，令他失望的是，季夏并没有回复他任何信息，哪怕只是一句晚安。

前一日因为遭遇骗子而在派出所里耽误了许久时间，他给季夏发短信、打电话，心里终归只是想要些安慰罢了。可他却不曾注意到，他是在对另一个女生念念不忘，他的失意全因为另一个女生，因为这样的不愉快去向季夏索取安慰，这对季夏来说，着实有些残忍了。

然而辜遇对自己的残忍毫无察觉，他微蹙眉头，不甘心地又打电话给季夏。

“嘟、嘟、嘟……”

一分钟的等待之后，“嘟嘟”声自动切断。

辜遇凝神片刻，看了一眼手机上的时间——九点十七分。

将手机放下，他决定去公司找季夏。

最近这段时间季夏练歌十分用功，加之新专辑的第一首歌刚定了下来，季夏此时一定正在公司的练歌室里练歌。这么想着，辜遇起身往浴室走去，脚下不小心踢到了床头柜，柜上的一本书被震掉了下来，里面夹着的卡片也随之落在了地上。

他俯身捡起书和卡片，卡片是粉蓝色的，上面密密麻麻地写满了娟秀的字。

他一眼认出是季夏的字。

这本书是先前他与季夏一同去笼月镇时，他带在身上的，后来借给季夏看过，回程时季夏把书还给了他。回到公寓后，他随手一搁，一直没有翻开过。

看来是季夏不知什么时候迷迷糊糊地将卡片错塞进了他的书里。

辜遇仔细看了起来。

卡片上是季夏的愿望清单，他的目光落在季夏的第一个愿望上面，眉心不禁微蹙，忽然意识到自己的不应该。

他不应该向季夏索要安慰的。

那个因为他而意外毁容的女生，对于他来说，是很重要的人。

同样的，对于季夏来说，未曾谋面的亲生父母也是很重要的人。

他与季夏一起回到笼月镇，陪着她去找她的亲生父母，她也陪着他把当年离家出走时的路重走了一遍。彼此都只收获了失望，但那时难过的季夏从未向他索要过一次安慰。

他又凭什么要求季夏去安慰他呢？更何况他的不愉快是来自另一个女生。

幸遇不由得在心里责骂起自己，自责之际，越发笃定季夏之所以不回他短信，不接他电话，是在对他无声抗议。

他匆忙地赶到公司，还未见到季夏，便先在电梯里遇见了小糯。

电梯里只有他们两个人，打过招呼后，小糯犹豫着开口问幸遇："幸遇，你是不是和季夏吵架了？

"我没有别的意思，就是……季夏从昨天开始就不大开心的样子，也不接你电话，所以……"

"我们……"幸遇有些支吾，"我们没什么事。"

"没事就好。"小糯转移了话题，语气里透着担心，"季夏很早就来公司练歌了，到现在一直没有休息。也不知道为什么，你的新歌她总是唱不好。她以前很少这样子的，看她那么拼命努力，我真怕她练习过度，反而损伤了嗓子。"

季夏对唱歌的热爱，公司里人尽皆知，幸遇更是了然。他下意识地皱起眉头，想起前一日季夏在练歌室里受挫的样子，他有些后悔，当时的季夏应当很想要他陪在身边吧，可是他却丢下她，一心只想着找到当年那个因他而受伤的女生。

幸遇也不禁担心起来。

电梯一层层往上，烦恼指数也随着一点点增加，出了电梯后，走廊的不远处，一个女工作人员正靠着墙边讲电话，语气撒娇地说："那你陪我去旅游散心，我们一起去放松放松，释放一下压力。"

闻声，幸遇脚下一顿，一道灵光闪过脑海，他心头立刻有了主意。

他拿出手机发了一条短信，随后脚步轻快地来到了练歌室，推开练歌室门的那一霎，季夏有些嘶哑的歌声跌跌撞撞地闯入了他的耳朵里。

幸遇还未作声，季夏已意识到有人进屋，立刻停下了练习。

"不要再练了，今天休息一下，我带你去个地方。"幸遇语气温柔地说。

季夏想也不想，摇头拒绝道："抱歉，我现在没有心思做别的。"

"所谓欲速则不达，你越是着急，只会越不得道。"幸遇走过去，不容分辩地抢过曲谱放到一边，然后拉起她的手往外走去。

"幸遇，你到底要做什么？"季夏被拉得猝不及防，脚步凌乱地跟着。

"嘘——"幸遇将手指放在唇上，做了一个噤声的动作，"什么都别问，想唱好《流星狂欢曲》就跟我来。"

06

两个人一路来到海边，辜遇才终于松开了季夏的手。季夏气喘吁吁，尚未来得及问什么，辜遇便又径自牵着她走上了岸边停着的一艘汽艇，汽艇上等着一个负责掌舵的男人。

两个人上了汽艇坐稳之后，掌舵人便开着汽艇往海的另一边而去。

汽艇不大的船身随着海水轻轻摇晃着，热乎乎的海风扑面而来，热情得过火。

季夏问辜遇："我们这是去哪里？"

"信风岛。"辜遇指着远处的一座岛，笑着说，"在A市生活这么多年，我只去过一次信风岛，想来也是十年前的事了。这一次就当是你陪我吧，季夏，我只想要你好好地享受一下阳光、海水、海风，还有我们在一起的这个下午。除此之外，你什么都不要想。"

"可是……"季夏欲言又止。

"我向你保证，明天你一定可以唱好《流星狂欢曲》。"

季夏半信半疑地看着辜遇。

四目相对之际，一阵海风吹乱了两个人的头发，俏皮的海浪悄悄涌来，冲撞得船身摇摇晃晃，落在他们身上的阳光也跟着晃悠起来，光影跳跃着，宛若情不自禁舞动的女郎。

辜遇眯起眼睛，张口唱起了歌："愿你此刻可会知，是我衷心的说声。喜欢你，那双眼动人，笑声更迷人……"

一首情意绵绵的《喜欢你》，这是季夏第二次听辜遇唱这首歌。

美好的记忆霎时填满了脑海，五月二十日的那个下午，他牵着她的手深情款款地唱歌，拥着她起舞，对她说了三个喜欢。季夏还记得，辜遇说"就算你不喜欢我，我也要喜欢你。因为只有喜欢你这件事，才能让我变得更好，才能让生活更美"。

因为喜欢她，而让辜遇变得更好。

那么喜欢辜遇的她，也应该为了辜遇，而变得更好，而不是独自难过悲伤。

如此念想之间，季夏茅塞顿开，不再纠结之前唱歌的苦恼，她嘴角漫起笑意，望着辜遇的眼神闪耀起来。

汽艇靠岸后，辜遇迫不及待地拉着季夏往岛上走去。

信风岛是一个三面环海的半岛，里面有一个风力发电厂，人迹罕至的野海滩上，有一个草亭伶仃地立着，数十台雪白的风车随风旋转。天湛蓝如洗，海水清澈透明，这里宛如世界上的另一个爱琴海。

沿着海滩走了一会儿，季夏看见了这片寂寞的海滩上唯一的色彩——一把巨大的彩虹色的太阳伞。

季夏的步伐紧随着辜遇，一步步朝太阳伞走去。

太阳伞下放着一张铺着红白格子桌布的白色木桌，桌子两边放着两张白色的木椅，椅子的靠背上，红色与白色的绸缎交错着，打成了一个蝴蝶结。

季夏错愕地看着桌子上插着一枝香槟色玫瑰的玻璃花瓶："这是……"

辜遇笑着为她拉开了椅子，将她按在椅子上："你坐好，什么都不要想，好好享受阳光、沙滩、海风，以及我特意为你准备的爱心大餐。"

话落，他坐在季夏对面，抬手拍了拍，不远处一排服务生端着盘子走了过来。

色香味俱全的菜肴一一摆在了桌上，季夏不用计算就知道，这顿餐的卡路里绝对是超标的。

见季夏只看不动，辜遇柔声说："如果你要做二十个俯卧撑，那我做五十个俯卧撑陪你。"

季夏轻轻地笑了，海风吹散了她的头发，也盗走了她的笑声。看着辜遇伸到她眼前的勺子，她心里做了一番小小的挣扎，最后还是张了嘴，吃下了他喂过来的这勺咖喱虾仁。

"好吃吗？"辜遇问她。

"嗯。"季夏点点头，好似任何言语都无法描述口中食物的鲜味。

她想，大概是因为虾仁是辜遇喂过来的，才格外味美。

阳光正灿烂，远处的海与天相接，目之所及尽是美好。

与此同时，快门的"咔嚓"声在远处响起，季夏毫无知觉，只听见了海浪扑在沙滩上的声音。

等她大快朵颐一番之后，辜遇又牵着她漫步到信风岛的另一端。

远远眺望，米黄色的海滩像一道分割线，世界宛若被分割成了两半，右边是一望无垠的大海，左边簇拥着黄绿相间的嫩草，雪白的风车排列其间，如大自然亲手绘制的绝美油画。

风吹来时，风车的扇叶轻轻地转动着。

季夏看得正入神时，旁边有人说着话，闯进了"油画"里，她定眼看去，只见三三两两的人围着一个穿着婚纱的新娘子。

对于女生而言，婚纱天生拥有一种令她们无法抵御的吸引力。季夏忍不住多看了几眼，脑海里忍不住想象起自己穿婚纱的模样。

见季夏看得入神，辜遇解释道："虽然信风岛人烟稀少，但经常会有新人来这里拍照取景。"

季夏感叹了一句："这里的确适合拍照。"

"那你要拍吗？"

季夏不明所以地看着辜遇。

只见辜遇莞尔浅笑，似乎早有准备一般，朝季夏的身后喊了一声："出来吧。"

一个男生从不远处枝繁叶茂的大树后面钻了出来，他手上捧着一部相机。

季夏第一反应以为对方是记者，但她快速将男生打量了一番后，又推翻了猜测。男生穿着简单的T恤和牛仔裤，一副学生模样，看起来与他们年纪相差不大。当对上季夏的目光时，他的脸上泛着腼腆的微红，与身经百战的记者形象一点儿也不相符。

等男生站定在两个人的面前，辜遇正式介绍："这是我们的摄影师。"

季夏恍然顿悟这是辜遇专门请来的摄影师，她以为是要拍婚纱照，红着脸结结巴巴地说："我……我……我们……我们又不是要……要结婚，拍什么婚……婚纱照啊……"

意识到季夏误会了，辜遇乐不可支地笑了起来。

"那婚纱照就等我们结婚时再拍吧！此刻虽然没有好看的婚纱，但你已经是镜头里最美的风景了。"

季夏脸更红了："谁……谁说要跟你结婚了？不要脸！"

季夏话带娇嗔的模样异常可爱，辜遇拥住了她，在她耳边轻语："我是要跟你结婚的，以后一定会。到时候我求婚，你可千万不能拒绝，不然我就……我就只好耍无赖了！"

季夏假意推了一下他，没推开："你什么时候这么厚脸皮了？"

她娇羞地抿着唇，摄影师一声不响地按下了快门，阳光下拥抱着的两个人，成了镜头里无与伦比的风景。

黄昏时分，炙热的太阳退去了刺目的热情，从炫金色变为橙红色，悬挂在天际，如同美味的咸蛋黄，缓缓地往地平线下跌落，仿佛要沉入海底深眠。

季夏与辜遇肩并肩坐在沙滩上，海风吹过海面，卷起的浪花一阵一阵奔上沙滩，嬉笑着挠着两个人的脚丫，随即又无力地退回海里。

夜很快就要来临了，想着这一天的每个瞬间，季夏有些意犹未尽，舍不得说再见。

她第一次知道，忘记可以是一种快乐，然而她也深谙，她不该贪恋多一分钟的安逸。

两个人谁也不说话，静静地坐着，季夏享受着这难得的安宁，也许到了明天，她便不会再有这样的时刻。

夕阳完全沉入了地平线后，残余在天上的霞光也不见了踪影，苍白的弦月寂寞地悬挂在夜空。海风携着海浪吹来，拥抱过后又仓皇落跑，那怯生生的模样一点儿也不似白天的热情。

天黑了，对于季夏而言，一切就该回归现实了。

她深吸一口气，转头看向幸遇，正要说话，幸遇抢在她之前开了口："你闭上眼睛。"

季夏不明所以，但还是听话地闭上了眼睛。

幸遇抬手捂住她的眼睛，轻轻数道："一、二、三！"

"嘭——"

一声巨大的礼花声响彻天际，幸遇松开手，季夏睁开眼睛，只见炫目的烟花照亮了海面，盛放出璀璨的花火。

"嘭——嘭——"

一个接一个腾空的烟花犹如流星，划过天际，装饰了她的眸子。

季夏忍不住浅浅一笑。

幸遇轻轻地唱起了歌："夏的夜晚，流星狂欢的盛宴；风在呢喃，少女虔诚地许愿；我守在你身边，像是骑士般紧张……"

歌声穿插在烟花盛放的声响里，温柔了夏夜。

在幸遇合上嘴巴的下一秒，季夏轻易地接住了韵律，往下唱了起来："粉色便利贴铺满了心房，一张一张，扑通扑通，是红了脸的心愿……"

少女的心事，在她婉转的歌声里，无一遗漏。

第五章

敏感而倔强，笨拙又胆怯

01

夏日的清晨，天亮得很早。

做了一夜美梦的季夏早早起了床，拉开遮光窗帘，晨光穿透玻璃扑在她的脸上，挑起了她的嘴角。

季夏的心情很好，因为昨夜的梦里都是在信风岛上的浪漫记忆，她情不自禁地哼着《流星狂欢曲》，一路走进浴室。

等换好衣服来到客厅，她嘴里还在哼着歌，轻快甜蜜的音调瞬间溢满了屋子。

小糯端着早餐从厨房出来，讶异道："你今天心情很好哦！"

季夏朝小糯调皮地吐了吐舌头，随即坐到餐椅上："还好啦。"她眯着眼睛笑，心情的愉悦程度远不止"还好"。

小糯打量着季夏，想起昨日她的"失联"。

上午辜遇将季夏强行从公司带走后，一直到晚上十一点多，季夏才回到了公寓，当时小糯因为太疲惫，早已呼呼入睡了。

想到这里，小糯的八卦之心被熊熊点燃，坏笑着问季夏："你昨天跟辜遇去哪里了？"

说话间，她将季夏的早餐搁到季夏的跟前，一小盘蔬果沙拉。

"你好八卦。"季夏装模作样地白了小糯一眼，就将注意力转移到盘子上，蔬果沙拉斑斓的色彩给这夏日的清晨添了一抹缤纷，她冷不丁记起这几天自己心情很糟糕，一直都是小糯在照顾她，她感激地道了声谢。

"现在看来，你需要的不是助理，而是辜遇呢。"小糯故意揶揄道。

"照你的意思，我应该请辜遇来当我的助理？"季夏抿一口牛奶，挑眉看她。

"那不行，不能委屈辜遇，人家可是才子呢，哪能来做助理啊。"

"那你的意思是，你做我的助理倒很委屈的咯？"

见小糯被驳得语结无措，季夏得意地轻笑起来。

小糯只好缴械投降，嘟着嘴："我错了。"

话才落下，她又凑上前，眨巴着的眼睛里八卦不减分毫："但是作为你的助理，我必须要了解你的生活和情感，才能对公司有所交代啊。你什么都不说，万一Heinz问起来，我总不能说不知道吧？所以你们昨天到底去哪儿了，都做了什么？"

季夏白了她一眼："你才不是为了交代。"

小糯笑嘻嘻地道："好吧，我承认，我是在八卦。"她凝眸看着季夏，双手托腮，在等待季夏的坦白。

“就去了信风岛而已。”季夏把一整日的浪漫简洁成一句“交代”，她催促着小糯，“你快点儿吃早餐，我们还得去公司练歌呢。另外，我和辜遇打算为《流星狂欢曲》拍一支MV，约了河寅哥晚点儿开会商量。”

“你还真是闲不住呢！”小糯佯作嫌弃，心中却感慨着：元气满满的季夏终于回来了！

阳光跟心情一样灿烂，透过窗户明亮了整个屋子，季夏未曾料及，一个钟头后，暴风雨会席卷A市。

吃完早餐，季夏与小糯一起去了公司，她盘算着在辜遇抵达公司以前，她能先练习一遍《流星狂欢曲》，但她没有想到的是，她推开练歌室的房门后，发现辜遇早已到达。

“你怎么比我还早？”季夏讶异地问。

辜遇笑着答：“跟你一样，等不及想要一起练习。”

声音落下，两个人同时轻笑起来。季夏关上房门，坐到辜遇身边，暗自一个深呼吸，有些迫不及待，又有些紧张。

“不要紧张，想着我，想着我们在信风岛上的时光就可以了。”

辜遇温柔地凝望着季夏，她有些害羞地点点头。

没有窗户的练歌室内充盈着昏黄色的灯光，是唱情歌的好时候。辜遇抱起一把吉他，一只手按住指板，另一只手轻轻拨动着吉他弦，音符一个一个飘了起来，悬浮在空气中。两个人之间美好的记忆随着音乐一幕一幕浮现在眼前。

一曲落罢，音乐的尾音还残留在空气中，季夏意犹未尽地拉住辜遇的衣角：“我们再唱一遍吧。”

她眼里的炽热，那么明耀。

辜遇不想灭了她的兴致，又担心她过度劳累，迟疑了片刻，仍是顺了她的意：“那就……再唱一遍，然后休息。”

“好。”季夏点头，一脸的满足。

吉他声再次悠然响起，两个人刚唱到一半，练歌室的房门突然“嘭”一声，被人大力推开。正深情合唱着的季夏与辜遇一同收住了歌声，循声看去。

许久未见的游溪单手撑着门沿，站在门口，喘着粗气，看起来是跑过来的。

他的目光冷冷地锁定在辜遇身上，不等屋内的他们说话，兀自开口说：“思滢吞了安眠药，正在医院里进行急救。”

02

医院里。

季夏紧随在宰遇和游溪的身后，穿过晦暗的走廊。

空气中飘散着淡淡的消毒水味，季夏下意识地拧紧眉心，这个味道她如此熟悉，将她的记忆带回一年前那段最彷徨无助的时光。恍惚间，她脚下的每一步都仿若游走在错乱的时空里，生怕下一步就会踩空，落入时空的缝隙，逆回到某个昨日。

住院部走廊尽头的窗户上映着羸弱的光，勾勒出玻璃上的水痕，滂沱的雨打在窗户上，“噼里啪啦”的雨声为这静寂的走廊里平添了几分阴森恐怖的感觉。

三人正走着，忽然一阵冷风吹来，季夏不禁打了个喷嚏。

“阿嚏——”

宰遇停下了脚步，伸手牵过她的手：“天气有点儿凉，我牵着你。”

走在前头的游溪即刻皱起了眉头，对身后他们的这番举动颇为不满，他冷着声音，语气责备地说：“你们能不能顾及一下思滢？”

闻言，季夏下意识地挣开了宰遇的手。

宰遇微微蹙眉，本想说什么，最后只深吸了一口气，将话题转移：“到了没？”

游溪不满地白了他一眼：“前面就到。”

知道宰遇不悦了，季夏悄悄拉住宰遇的衣袖。宰遇扭头看向她，只见她脑袋一歪，对他露出安抚的笑，宰遇心里的气一下子就消了。

没多久，走在前面的游溪停在了一间病房门前，待宰遇和季夏走近，他冷不丁地说：“你还是不要进去了，她只想见宰遇。”

话里没有对象，但三人都心知肚明，游溪这话是说给季夏听的。他敌意分明，甚至有意替沈思滢与季夏划清界限。

深谙游溪的用心，季夏低下了头，紧抿着唇，心里十分难受。

在季夏心中，沈思滢是一个很重要的朋友，是继养父母之后，世界上唯一叫她“夏夏”的人，哪怕她们曾有过许多误会，她一直期盼着一笑泯恩仇。

然而在这一刻，季夏明白了，她与沈思滢之间或许不会有和好的那一天。

宰遇一把牵住了季夏的手，眼神坚定：“她不是不想见，是不敢见罢了，可人总要面对自己做过的事。”

游溪霎时语结。

宰遇越过他，径自扭动门把，牵着季夏进了病房。

一进门，季夏就看见沈思滢无精打采地躺在病床上。多日不见，她身上没有了往日的奕奕神采，头发乱糟糟地贴在脸上，身上的白色病服衬得她的脸色苍白异常。即使听见了门口的声响，她也毫无反应，一双眼睛盯着墙壁，神思恍惚的模样。

季夏张了张口，本想唤她，可喉咙却发不出一个音。

游溪快步走向沈思滢，半蹲在她的床边，握住她的手，轻声细语地说："我把辜遇带过来了。"

听见"辜遇"的名字，沈思滢的眼睛霎时有了光。

"阿遇？"沈思滢慌忙坐了起来，她动作太快，不小心牵扯到手背上打着点滴的针，针眼处渗出几滴血，她却丝毫没有意识到，只顾着将视线投向门口。

与辜遇四目相对的刹那，她展颜欢笑，泪水却爬出了眼眶："阿遇。"

一旁的游溪看到她惊喜不已的样子，心下既难受又安慰，他拿过纸巾，温柔地擦拭着她手背上的血珠，轻声道："你怎么这么傻？为了辜遇，竟然吞了一瓶安眠药，还好及时发现了。"

听到游溪这么说，沈思滢一头雾水地看向他，只见他背对着辜遇和季夏，朝她使着眼色："现在没事就好，你不能再偷安眠药吃了。"

沈思滢立马懂了，她抿下唇，没有说话，只是目光不敢再回到辜遇的身上。

辜遇看着沈思滢的脸，许多回忆纷飞至眼前。

他们青梅竹马多年，在辜遇的记忆中，沈思滢一直都是"公主"，她善良坚强、积极向上，乖巧听话、乐观温暖，她是父母的掌上明珠，是长辈们口中的乖女孩儿。辜遇没有料到有一天，这样的她会做出自杀的举动。

辜遇向来待她如亲妹，想到她差一些就与他永别，心中不忍又自责。

他无法再责怪沈思滢在天台的那一晚，身在现场的她对季夏见死不救。

门外传来的脚步声打破了屋内的沉默，一名护士捧着托盘推门进来："406号床的沈思滢，你该吃药了。"

辜遇侧身让了路，随口担忧道："她刚洗完胃，现在适合吃药吗？"

护士怔住了："洗什么胃啊？她只是拉肚子，用不着洗胃。"

护士的话音一落，辜遇的脸立马变得铁青，季夏也愣在了原地。

游溪和沈思滢没想到谎言这么快就被戳穿了，两个人顿时露出尴尬的神色。

意识到自己是被游溪和沈思滢骗了，辜遇满腔愤怒，对沈思滢怒斥起来："沈思滢，你什么时候变成这么不知所谓了？居然连假自杀都用上了？我还以为你有多难过，良心有多不安，原来不过是我想太多了！你以为你装一回死，我和季夏就会原谅你吗？简直痴心妄想！你这样只会让我更加讨厌你！”

沈思滢自知理亏，她红着眼睛，紧紧咬住牙齿，默默忍受着辜遇的责难。

见不得沈思滢受这委屈，游溪一把将辜遇推开，吼道：“思滢她是真的生病了……”

“够了，游溪！”沈思滢嘶哑着声音打断了他。

“为什么不让我说完？你有多难过，我都看到了！”

“我说够了，你别再说了！”沈思滢狠狠瞪着游溪，一点儿也没有看到他的在意，她心中明白，“抑郁症”三个字，对于辜遇而言，也许只是她逃避过错的借口。

辜遇心中有了偏见，听不进任何话，他冷笑一声，讽刺地说：“戏我看完了，沈思滢，你好自为之吧！”

辜遇的这句“好自为之”，彻底激怒了游溪。

“混账！”游溪挥起拳头，朝辜遇扑了过去。

见状，季夏连忙上前阻拦，企图拉开扭打在一起的两个人。游溪蛮横地推了一把季夏，季夏一个重心不稳，撞上了一旁的柜子，柜子上的花瓶“嘭”的一声落地，碎了一地。也多亏这一声，两个人都收住了拳头。

被护士拉住而无法上前劝阻的沈思滢松了一口气，随之紧张兮兮地看向季夏。

“季夏，你怎样？有没有……”

关心的话脱口而出，沈思滢立马反应过来，刹住了话头，她咬住下嘴唇，神色不安地看着季夏。

辜遇扶起季夏，对游溪横眉怒视着：“有本事就和我出去单挑！”

“好啊！”游溪不甘示弱。

“辜遇！”

“游溪！”

季夏与沈思滢不约而同地喝住了两人。

在喜欢的人面前，两个气愤填膺的男生都闭上了嘴巴，病房恢复了静寂。

一声长叹落下，季夏揉了揉发疼的手臂，目光从沈思滢身上移到了游溪身上，最后落在辜遇的脸上：“你先回去吧。”

辜遇问：“你要留下来？做什么？”

“我有话跟思滢说。”季夏真挚且慎重地回答。

03

幸遇离开以后，沈思滢也遣走了游溪。

偌大的病房陷入了安静，谁也没有开口打破沉默。

季夏坐在沈思滢的床边，屋外的雨仍旧很大，噼里啪啦地打在玻璃上，雨声是房间里唯一的声响。

季夏不禁忆起从前的美好，那些尚未痊愈的伤口也跟着隐隐作痛。

心上的伤感如屋外正悲切着的大雨，季夏吸了吸鼻子，问沈思滢："你到底怎么了？游溪说你生病了，你得的是什么病？"

季夏虽没有直视沈思滢，但眼角的余光一直在观察着她的脸。

她信游溪的那句"思滢她真的生病了"，游溪眸子里的紧张不会说谎，而沈思滢倔强的神情也不会。幸遇之所以没注意到，是因为愤怒蒙蔽了他的双眼。

沈思滢轻轻笑了两声，她并不打算坦白，只轻描淡写地说："不过是吃错东西拉肚子罢了，你不也听到护士怎么说了吗？"

季夏半信半疑，却也没有追问。

屋内再度陷入沉默，好半晌过去，一道闪电劈过天空，紧接着一记闷雷炸响。

沈思滢声音低低地开口了："我们之所以沦落至此，都是你的错。"

季夏心里涌上一股无法言说的难过，她没有反驳，放在大腿上的双手不自觉地抓紧了长裙。

见季夏不说话，沈思滢又道："你很恨我吧？你跟阿遇一样，也觉得在天台的那天晚上是我见死不救，也觉得我很过分吧？可是如果换作是你，你一定也是一样的选择，谁也不比谁高尚。"

明明是于心有愧，明明很后悔当日的一时迟疑，沈思滢却偏要将话往另一个方向说。

她深信不疑，唯有这样做，把她们之间的距离拉得远远的，她才能够痛快地去憎恨夺走了她初恋的季夏。

她有多喜欢幸遇呢？

如果满分是一百分，那她对幸遇，是一万分的喜欢，所以对于季夏，她也有一万分的讨厌。

直到现在，她才知道，喜欢一个人和憎恨一个人，同样都不快乐。

其实她心里比谁都清楚，幸遇不爱她从来都不是因为季夏，即使她在幸遇遇见季夏之前就向他告白，大概也会落得同样的下场。

然而她终究也只是一介凡人，道理懂得再多，也无法抑制心里的爱与恨。

季夏没有遗漏沈思滢言辞中的讽刺，她心中悲痛难忍，却还是把所有的不愉快都强行压抑下去。

她终于抬起头，直视着沈思滢：“我确实不高尚，但你有一点说错了。如果你命悬一刻，我绝对不会见死不救，因为你是我很重要的朋友。”

没想到季夏会这么回答，沈思滢惊讶得半晌说不出话。

“思滢，我会原谅你那次的绝情，但那是最后一次了。”

季夏深吸一口气，眼里悲凉得令人想起了冬日的寒雪。

见状，沈思滢微微一颤。

“既然你不想要我这个朋友，那我也只能放弃你了。”

话落，季夏站起身来，朝沈思滢深深鞠了一躬，她低头弯腰的那一瞬，眼泪终究没能忍住，直直地掉落在地上。

泪水融入白色的大理石地板，瞬间了无痕迹。

她久久没有直起身子，企图掩饰这一刻的狼狈：“再见，沈思滢，很高兴曾有过你这个真心的朋友，很遗憾与你缘尽于此。”

随即，她飞快地起身，身子一转，快步朝门外走去。

看着季夏消失在门口的背影，沈思滢恍惚觉得心里有个缺口在一点点地扩大。

她忽然意识到，她失去了很重要的东西。

原来友情，从来不比爱情廉价。

可惜她顿悟得太晚了，连挽回的勇气都没有。

眼泪夺眶而出，沈思滢低下头掩脸痛哭起来，她死死咬住下嘴唇，努力不发出一丁点儿声音，她不想被季夏听见，这是她最后的倔强，也是她最后的尊严。

回来的游溪看见沈思滢哭得满脸泪水，紧张兮兮地询问：“是不是季夏欺负你了？”说完就要转身去追季夏，心里只想为沈思滢出气。

沈思滢连忙伸手拉住他：“不是。”

她抽泣着：“我和她，从今往后再也不是朋友了。”

她无助地抱住了此刻身边唯一的依靠，游溪霎时僵直了身子，只觉得空气中都是她头发洗发水的香气。

他想要安慰她，可抬起的手只敢在半空中迟疑着，生怕惊扰了此刻的难得。他知道他不该感到甜蜜的，即使这甜蜜再隐秘。

同时，他又觉得很难过，沈思滢的情绪总是牵动着他的心。

他忍不住想，如果当初没有求助聂西闻，没有救活季夏就好了，沈思滢就不会如此难过。

他不懂，此刻沈思滢的悲痛不是因为季夏的存在，而是因为季夏的不再存在。

04

A市的雨一直没有停过。

连续两三日的暴雨，仿若用力地冲刷着隐藏在这座城市各个角落里的悲伤。

这日下午六点，气象台发布台风即将登陆A市的消息，季夏站在练歌室门口，在和小糯通话。两个小时前，打听到季冬离开的航班的她，特意拜托小糯给季冬送去礼物。

"礼物送到了没？"

那厢的小糯语调轻快："放心啦，都给她了。她让我跟你说一声谢谢。"

苦涩都凝在季夏的嘴角，季冬的做法分明是疏远与礼貌。

她又想起了沈思滢，心中的惆怅不禁更盛。

她与她们都走远了，再也回不去亲密无间的时候了。

"那你直接回公寓吧，"刹那间的失神过后，季夏很快缓过神来，"我再练一会儿歌再回去。"

"好吧，不过我提醒你啊，你今晚约了辜遇吃饭的。"

"知道了。"季夏挂断了电话，转身回了练歌室，将手机随意一搁，继续练起了歌。

把新歌练习了许多遍之后，季夏觉得眼睛又干又涩，倦意来袭。连打了两个哈欠后，她趴在桌子上，打算闭目养神一小会儿，却不知不觉地陷入了深睡。

屋外风雨滂沱，练歌室的隔音效果很好，熟睡的季夏对外面的情况一无所知，并不知道台风正在靠近这座城市。

等她迷迷糊糊醒来，已经晚上十点多。

她起身走到柜子旁，拿起手机一看，辜遇给她打了十几通电话，发了四条短信。

她吸了一口气，内疚地点开了短信。

你怎么不接电话？还在公司练歌吗？

现在天气很不好，气象台说台风晚上会在A市登陆。我先去公司接你吧，然后我们一起回公寓吃饭，我下厨，菜已经拜托小糯买好了。

电话怎么总是打不通？你还在公司吗？我在路上塞着车呢。

出租车抛锚了，我在等拖车，如果没有司机接你，你一定要在公司等我，台风天很危险。

最后一条短信发来是十分钟前。

季夏将电话回拨过去，辜遇立马接通了电话。

“抱歉，辜遇。”季夏心里过意不去，抢先道歉，“我不小心在练歌室里睡着了。”

“你没事……好。”辜遇长出了一口气，因为天气不好，信号传输得断断续续的，“不……我还……救援……车在……了……一直……什么……公司……电话……Heinz……司机……你……”

好半天听不出一段完整的话，季夏紧皱着眉头问他：“辜遇，你在说什么？我听不清楚。”

那边的声音依旧是断断续续：“我很好……信……不好……”

季夏听到辜遇那句的“我很好”，忐忑不安的心安定了下来，她回道：“那我直接回公寓吧，你不要来公司找我了，平安回到家后给我打个电话。”

然而手机那边辜遇一直没有回复，季夏疑惑地唤了两声，看了一眼手机，发现手机没电关机了。

想着辜遇应该是听到了她最后的话，季夏不多磨蹭，收拾好东西，便关灯离开了练歌室。

走廊空荡荡的，因为台风天的关系，公司里一个人也没有，季夏有些害怕，不由得加快了步伐。一直到了一楼，看见巡逻值班的保安还在，她紧绷的神经才放松了下来。

看见她，保安大叔微笑着问：“季小姐，怎么这么晚才走啊？”

季夏不好意思地笑了笑：“不小心睡着了，醒来就这么晚了，这种天气你们还要值班，真的辛苦了！”

“没什么，这是我们的分内事，季小姐有车回去吗？这台风天的，没有车是不行的。”

“手机刚好没电了，就没叫司机。不过公寓不算远，等下我出去打个车就好。”

“这哪行啊？再说了，这鬼天气哪里还有出租车打，要不我打个电话让司机来接你？”

季夏想了想：“也好，那就麻烦你了。”

得到回复，保安连忙翻起电话本，给司机打了电话，随后又搬来一把椅子，招呼季夏坐下。

保安大叔与季夏养父的年纪差不多，人也同样慈祥和蔼，总给季夏一种亲切的感觉。偶尔遇见，季夏也会和他寒暄几句，他总是感叹季夏的不容易，偶尔说起自己那不争气的儿子，不禁会连声叹气。

与保安大叔寒暄了一会儿，季夏依稀听见外面传来刹车的声音。

她想应该是司机到了，便站起身与大叔道别，匆匆忙忙地往大厦外面走去。

玻璃门被推开的一刹那，狂风携着雨水袭来，季夏本能地眯起眼睛，脚下的步伐却不曾慢下，她忽然撞入了不知谁的怀里。

季夏还没有来得及睁开眼，就被那个人猛地拥住了，清冷的气息不是辜遇的。她吓了一跳，刚想要推开那个人，一道熟悉的低沉声音落在了耳边。

“我好想你。”

季夏的手怔在了半空中。

05

台风来去匆匆，一整晚的猖獗肆虐过后，整座城市显得颓败萧条。

天空铺满了灰暗而厚重的云，淅淅沥沥的雨未曾停歇，早上七点的城市，仿佛还停留在前一日的黄昏时分。

辜遇在公寓楼下收起了伞，抬头望着阴沉沉的天，心情有些压抑。

他轻轻吐了一口气，雨伞的尾巴伸向外面抖了抖，水珠即刻向四处散去。他又弯下身拍去身上的水珠，随后才转身进了公寓。

前一晚与季夏通电话时，季夏的手机突然没了声音，他担心她出事，连着给她拨了十几通电话，都无法接通。没联系到季夏不说，自己的手机也没电了，他与司机被暴风雨困在车里一整夜，直到早上拖车才来。他立马先去公司找季夏，没承想扑了一个空，随即又折到公寓里来。

到达季夏公寓所在的楼层，辜遇从电梯里出来，一眼便看见季夏与一个男人站在她公寓门口。

两个人面对面站着，从辜遇的方向看去，只能看到两个人的侧脸。

辜遇下意识地皱了眉，直觉这个男人与季夏的关系不一般。他细细打量起男人，只见对方体型高大，五官轮廓分明，眉眼之间透着成熟。

他的脑海里忽然闪过一个名字——聂西闻。

见季夏似乎正要邀请聂西闻入屋，辜遇几乎是冲口而出，唤道：“季夏。”

声音尚未落下，他已经快步走到她身边，他的目光始终凝聚在聂西闻身上。

听见辜遇的呼唤，季夏讶异地看着他：“你怎么过来了？我刚才还给你打电话呢，不过没打通。”

她完全没有意识到要向他介绍身边的聂西闻。

辜遇本来有些在意季夏没介绍，心下难免怀疑季夏是不是心里有鬼，但下一秒他忽然想起季夏曾说过的那句话，即刻放下了芥蒂。

“他不重要，我没必要刻意提起，而你才是最重要的，所以每一个对我来说重要的人，我都会介绍给最重要的你认识。”

想到这里，辜遇的嘴角不由得上扬。

他自然地牵住季夏的手，温柔地笑道：“我手机没电关机了。昨夜我被困在马路上一夜，一直到不久前，才等到拖车过去。喏，我一得救就马上来找你了。昨晚你在电话里突然没了声息，我担心了一夜。”

明明是一如往日的温柔，不知为何在这一刻，偏多了几分较量。

季夏的余光扫过一旁沉默的聂西闻，突然明白过来这是吃醋了的辜遇在故意彰显着他与她的亲近。

她没有戳穿他，而是顺着他的话说："我能有什么事呀，昨晚我的手机也没电关机了，后来……"话至此，她忽地迟疑了一下，看了聂西闻一眼后，接着道，"后来巧遇聂医生，我便坐了他的顺风车回来。"

"你没事就好。"辜遇笑了笑，眼珠子一转，看向聂西闻："真是谢谢你了，聂医生。不过我听说你在H国生活，怎么突然有兴趣来中国，该不会是特意来探望季夏的吧？"

"没错。"聂西闻回答得理直气壮，丝毫没有掩饰自己的情感。

眼看两个人就要剑拔弩张，季夏连忙插话："对了，我都忘记给你们介绍了。"

想起前一晚聂西闻拥抱住她的那一幕，季夏有些心虚，生怕聂西闻会主动抖搂出来，她先朝辜遇说："这是聂医生。"接着，她又对着聂西闻介绍："这是我的男朋友，辜遇。"

一个是聂医生，一个是男朋友，季夏的立场分明。

两个男人不约而同地朝对方伸出了手，异口同声道："幸会。"

蜻蜓点水式的握手，没有一丁点儿偶像剧里男人们暗自较量的幼稚。

季夏暗暗舒了一口气，对辜遇说："刚才聂医生说想来蹭个早饭，刚好你也来了，那么大家一起吃吧。"

"好……"

"等等。"

辜遇刚要答应，不料聂西闻兀自打断了他。

只见聂西闻凝眸看着季夏："季夏，我这次来到A市，只为了一个人，一件事。"

聂西闻接下来的话，出乎了两个人的意料，他竟当着辜遇的面，直接向季夏告白："季夏，我要追你，我要从辜遇的手上，把你和你的爱一起抢走。"

聂西闻没有注意到，自己用的是"抢"字，好似他潜意识里也很清楚，这个女孩儿和她的爱都不属于他。

季夏一言不发，聂西闻明白，他不会得到他想要的答案，但有些话他必须要说，有些爱他必须去争取，他不想再错过季夏，以致一生短暂，还要落下不可弥补的遗憾。

如果一定要死，他总该去争取，如果争取到了，起码临死前最爱的女孩儿会陪在身边。

对于聂西闻盛气凌人的告白，季夏直接愣住了，她下意识地看向幸遇。幸遇脸色铁青，一个踏步挡在季夏面前。

“抢不抢得到，得看我让不让步！”

“男未婚女未嫁，谁都有选择的权利。你此刻的生气，只能说明你对自己不够自信，或者说你对季夏不够有信心，你怕你会输给我。”聂西闻淡然回答。

“我对我，对季夏，都信心满满。”

“那很好，我们公平竞争。不过你最好清楚，选择权是在季夏的手里，与你让不让步无关。”

第六章

微笑隐没在雨季里

01

雨淅淅沥沥，天上吹不散的乌云，像心上抹不开的阴霾。

彼时的季夏手里捧着一本娱乐杂志，眉心微蹙着。小糯站在季夏的斜后方，抬眼悄悄观察着她。

季夏手上的娱乐杂志是小糯去公司时从前台拿的，她本想自己翻一翻，没想到季夏先一步发现并要过去看。杂志的封面是一张一对男女紧紧相拥的照片，季夏是女主角，但男主角并不是辜遇，而是聂西闻。

封面上的标题字体夸张且醒目——

《疑似情变！季夏毫无避忌台风天夜会高大猛男！》

迟疑了一会儿，小糯鼓起勇气迈步上前："呃，娱乐杂志都这样的，凭借一张照片就能编造一个荒谬绝伦的故事。季夏，你不要放在心上，我帮你把杂志扔了吧。"

小糯倾身将季夏手中的杂志拿走，季夏并未在意，只淡淡地说："不知辜遇会不会放在心上。"

早上辜遇与聂西闻对峙的画面还历历在目，季夏闭上眼睛长叹，眉心的褶皱又深了些许。

小糯看着神情黯然的季夏，一时间想不到安慰的话语，只能哑然沉默。恍然间，她想起早上辜遇与聂西闻一同聚在她们屋子里斗气的一幕。

在小糯的记忆中，聂西闻向来温文儒雅，给人稳重可靠的感觉。因此当看见聂西闻竟像个孩子一样跟辜遇"争宠"时，小糯非常震惊。

记忆中的聂西闻明明是个"男人"，哪里是个爱吃醋，会跟辜遇计较的"男孩子"呀。

小糯不由得有些感慨，即使再理智的人，遇到爱情，性格也会变得不像自己。

季夏不知道小糯在想什么，心里只担忧辜遇看到报道后会不会多想，最终她忍不住拿起手机给辜遇拨去电话。

第一通电话，辜遇没接。

第二通电话，辜遇依旧没接。

第三通电话，手机里传来了机械的女声："你所拨打的电话已关机……"

季夏眼睛定定地盯着手机，仿佛在期待着下一秒，手机里的女声会切换成辜遇的声音。

小糯连忙安慰："你对辜遇的心意，他一定会明白的，这种报道他才不会相信。

眼下比较让人担心的是，报道一出，网友们又要兴风作浪了。”

本是安慰的话，可笨拙如小糯，又挑起了季夏新的烦恼。

后知后觉地意识到自己说错了话，小糯心下暗叫“不好”，连忙转移了话题：“那个，季夏，你不是要练舞吗？我们现在就去练舞室吧。”

季夏默不作声，登录上了微博账号。

随之，铺天盖地的消息提醒几乎挤爆了消息匣子，季夏不必想象便可知道，那些泛滥在网络世界里的舆论有多疯狂。她手指从屏幕上滑过，随意挑了一些留言看，基本上都是谩骂与指责。

草草扫视过一两页后，她点开了一个营销账号的短文章，对方明目张胆的“艾特”，似乎有意挑衅。

盘点季夏这些年的那些男孩儿们

@娱乐没有圈圈圆圆圈圈V　　发布于2018-6-25　　阅读数：575790

听说季夏又惹事儿了，这回的男主角比辜遇、南盛都还要成熟一些，是高大威猛又不失儒雅气息的大叔款。

男女主角这次是在女主角所属的公司楼下拥抱，被记者抓了个正着。（对台风天还在娱乐前线蹲守的记者哥哥和姐姐们敬个礼，你们辛苦了！）

众所周知，季夏是一位在H国出道的歌手，但对于季夏的红，本圈圈记得的却不是她的歌，而是她那些数不清的绯闻——什么“欺负妹妹”“背叛好友”“横刀夺爱”“整容”“陆星橙事件”等，这个女孩儿可真是娱乐圈中行走的绯闻体啊！

虽然一直不喜欢季夏这种女孩儿，踩着别人的“尸体”往上爬，把自己的不择手段称之为梦想，但今天也想蹭个热点，盘点盘点这些年来她的那些男孩儿们。

首先是辜遇，音乐界才子，艺名“谷雨”。辜遇与沈思滢一直是大家眼中郎才女貌的一对，当时辜遇宣布与季夏恋爱时，可谓是霸气又深情，但据沈思滢当年的微博可知，季夏可是横刀夺爱的第三者呢。

继辜遇之后，季夏的第二任男友便是南盛。季夏与南盛是在H国认识，据说两个人一起努力追梦，追出了爱的火花，然后一起被公司相中，一起出道，以情侣组合的方式。大概是恩爱秀得多，所以爱情死得快，后来没多久，南盛就与季夏的妹妹季冬好上了，与此同时，季夏与辜遇又旧情复燃了。

再接着，就到了昨晚“相拥风雨中”的男主角啦，据知情人士提供的消息，该男子是圈外人士，比季夏年长几岁，是一位整容医生。说到这里，想起季夏整容的事，本圈圈不负责任地想，当年该不会是这位医生哥哥给季夏整容的吧？如果是，那么两个人应该在季夏与辜遇重新开始之前就有过一段？还是说，其实季夏和这位医生哥哥一直都在发展地下情，辜遇才是被隐瞒的第三者呢？

说到这里，本圈圈忍不住感慨，十九岁的季夏桃花真是旺盛呢！

季夏眉心紧蹙着，草草地浏览过文章，翻到文章下面的评论。

@wisteria-筱柠：所以她长期一脚踏几船？我的天！

@ Angelia：不是谁的粉，但是替这几个男生悲哀，季夏感情混乱，私生活也必定很糟糕啊！

@莹萧月：季夏水性杨花，我们负责吃瓜。

@巴黎铁塔上的记忆memory：你们这些人不知道她到底有多努力……收集好男孩儿们！

@临朝与祁暮：同样只记得她那些乱七八糟的绯闻，讲真，作为歌手，口口声声地为梦想，就不能好好唱歌吗？

那些阴阳怪调的讽刺，说不在意自然是假的。

但季夏最在意的是，对于大众来说，她留在他们的记忆里的，只有乱七八糟的绯闻。

深吸了一口气，季夏佯作若无其事，关掉手机，折身往练舞室走去。

与其在意别人如何议论她，还不如先努力把歌唱好，把舞跳好，用实力抹去那些流言蜚语吧。

02

当记者们拥堵在公司大厦的门外时，没有人想到，聂西闻会捧着一束玫瑰花，从容不迫地出现，仿佛对盛行的闲言碎语无所畏惧，但其实更像是在挑衅着刚在微博上做出回应的辜遇。

十分钟前，辜遇更新了微博，简简单单的四个字——“朋友而已”，回应了聂西闻与季夏的绯闻。

凭着敏锐的新闻触感，记者们当即联想出了一场情感大戏。

蜂拥而上的他们将无线话筒伸向聂西闻，黑洞洞的摄影机镜头也都凑在他的身前，快门声此起彼伏，记者们的问话如连珠炮似的，燥热了空气。

聂西闻始终微笑着。

“请问你和季夏是什么关系？”

“你手里的玫瑰花是要送给季夏吗？”

“辜遇说你们只是朋友，请问你认同他的回应吗？”

“听说你是一名整容医生，季夏的脸部手术当初是你做的吗？”

静静地接收着记者们抛来的问题，尔后感觉停留在镜头里的时间足够了，聂西闻抬起手示意大家安静。

意识到聂西闻有话要说，记者们立刻噤声，紧眸注视着他。

聂西闻笑了笑，轻咳两声，慢条斯理地说：“辜遇说得没错，目前我和季夏确实只是朋友关系，但未来会发生什么事，我们任何人都无法预知。我喜欢季夏，正在追求她。任何人都有权利追求真爱，我只不过是在公平竞争。”

话落，全场哗然。

随即记者们的问题再度汹涌而来，而这一次聂西闻只轻轻地点头以表礼貌，然后往大厦里走去，再没有说话。

这或许是他一生中最英勇的时刻了，聂西闻想。

奋不顾身的感觉，像回到了早已远逝的青春期，聂西闻恍惚间有了错觉，似乎他不过是与季夏同龄的年轻人。

年轻的感觉，令心都畅快起来。

其实聂西闻心里很清楚，他如此高调的举措定会惹得季夏眉心生愁，可他不想再管她是不是会受到困扰，他只想向全世界公布他的“野心”。

他已经没有什么可输的了。

不多时，电梯停在聂西闻要去的楼层，门打开，一张熟悉的脸映入他的眸子。

“老同学。”

电梯外，朴河寅皱着眉，嘴边挂着一抹无奈的浅笑。

这个时代的信息传递速度快得令人咋舌，聂西闻刚对着全世界高调告白，下一秒朴河寅就在微博上看到了现场视频。

与聂西闻认识多年，朴河寅从未料到，一向稳重理智的聂西闻竟也会让他头痛。

他早知聂西闻对季夏的心意，但从未想过聂西闻会做出这么失智的事情。

“你可真给我出了个难题。”

聂西闻踏出电梯，只浅笑着说：“我来找季夏。”

朴河寅张口哑然，旋即无可奈何地挥起拳头，轻轻落在聂西闻的胸膛上：“重色轻友是不是？”

“嗯，是的。”

“喂，你……行行行，我说不过你。”

嘴上说着投降的话，朴河寅却没有让路。

“先去我办公室谈谈吧，季夏现在正在练舞。你知道的，她练习的时候不喜欢被打扰。”

朴河寅说得在理，聂西闻点头跟上了他。

到了办公室，两个人面对面坐下，朴河寅开门见山地问道：“你觉得我应该如何处理当前的局面？”

聂西闻满不在乎地说：“不需要处理。”

“你也算半个圈内人，你应该知道太多的绯闻对季夏并无好处。”

“至少她的热度一直在。”

“那你让我怎么跟金社长交代？”

“你直接推我出去背这个锅。”

“什么背锅，这个黑锅本来就是你的好吗？”朴河寅嫌弃地白了聂西闻一眼，“再说了，就算你是始作俑者，到头来，锅还是会砸我头上。社长要算计，还不得是拿我这个外人开涮？我这可是人在办公室坐，黑锅从天上来。”

闻言，聂西闻自嘲地笑了起来：“他姓金，我姓聂，比起你这个HN公司的资深员工，我才是外人。”

朴河寅又朝他翻了一个白眼：“你少来了，你要真只是个外人，当初季夏能进得了HN吗？”

“季夏是有实力的。”朴河寅这话一出，聂西闻不悦地蹙起眉。

“那又怎样，HN不缺人才。你心知肚明，若不是你举荐在前，出谋策划在后，将季夏与南盛包装成情侣组合，单凭我一人，纵使有三寸不烂之舌，也说服不了社长破例让她出道。”

“行了，不跟你争辩，季夏练习快结束了吧，我去练舞室那边等她。”

“西闻，”见聂西闻起身就要走，朴河寅喊住了他，“我不知道你为什么突然从默默守候变成高调追求，但于公于私我都要劝你一句，你现在有些过火了，这对你、对季夏都不是一件好事。”

是多年的好友，朴河寅才会真心奉劝。

聂西闻背对着朴河寅，朴河寅看不见他脸上无奈苦涩的笑容，只听见他语带伤感的一句话。

“我只是学会了一件事，用中国话说就是——”聂西闻顿了一下，H语切换成汉语，“人生短短，莫留憾事悔不尽。”

话音落下，聂西闻大步流星离去，留下朴河寅一脸茫然。

03

在舞蹈室不停歇地练习了三个小时后，季夏终于结束了练习。

她脸上倦意分明，双手抓住挂在脖子上的白色毛巾，漫不经心地擦拭着脸上的汗珠。她脑子里还在惦记着没有跳好的舞步，丝毫没有发现聂西闻等候在不远处。

她还不知道聂西闻在记者们面前发表的那一番高调宣言。

听见门打开的声响，半靠着墙壁的聂西闻立马挺直了身子，抬眼的刹那，季夏成了他眼中唯一的风景。

“季夏。”聂西闻扬起笑容。

“聂医生？”季夏循着声音望去，看见聂西闻，她有些讶异，紧接着，聂西闻怀里的那一大束玫瑰映入眼眸。

聂西闻走到季夏面前，脉脉含情地献上了花束：“送给你的。”

季夏没有伸手接花：“花很漂亮，但是我不能收。”

不能收的原因无非是辜遇。

心中了然季夏的拒绝，聂西闻嘴角的笑有了一秒的冷却，仿佛赌气一般，他僵持着不动。

一旁的小糯有眼力见地上前抱走了玫瑰花，笑着问聂西闻：“聂医生，我这么大了还没有收过花呢，这么漂亮的花能送给我吗？”

看小糯这般真挚，聂西闻不好拒绝，只好点点头。

他收敛了脸上的不悦，再次看向季夏，眼里满是温柔：“一起吃午饭吧，我在附近订了餐厅，是H国菜。我们很久没有一起吃饭了。”

“我们早上才一起吃过，”季夏毫不犹豫地拒绝，“而且小糯已经给我准备了便当，我不想浪费。”

“呵呵，是啊，我每天都给季夏准备便当的。毕竟她是艺人，要控制饮食，保持身材嘛，Heinz哥都不让季夏到外面乱吃的。”小糯附和道。

“我等下还有个通告，没有多余时间到外边吃饭。”季夏又补充了一句。

季夏的话音刚落，她的手机响了起来，小糯从口袋中掏出手机一看，表情顿时变得古怪。

季夏疑惑地问：“怎么了？”说着，她伸手去拿手机。

小糯乖乖递上手机，余光瞄向聂西闻，到底没敢报上辜遇的名字。

在季夏进舞蹈室不久后，辜遇便给季夏回过了电话，解释自己的手机不小心掉进洗手池，导致手机进水关机。随后听小糯说季夏在练舞，他便吩咐小糯等季夏结束了练习再联系他，未承想聂西闻的突然出现令小糯忘了这件事。

小糯目光不安地在季夏与聂西闻之间往返，季夏看见是辜遇打来的，顿时展颜一笑，迫不及待地接通了电话，一边唤着辜遇的名字一边走到一旁。

聂西闻微蹙着眉，目光随着季夏走远。

单凭季夏脸上的笑，他就猜到电话那端必定是辜遇。

空气中很快传来季夏温柔的声音，语气里藏着不易察觉的忐忑，聂西闻立刻竖起了耳朵。

“照片你都看见了吧？我没有告诉你是因为我本来就不在意，对我来说，那只是一个久别重逢的，只关乎友谊的拥抱。”

季夏的一句“不在意”，如刀一般命中聂西闻的心。

她是如此残忍。

聂西闻眉心紧紧拧出一个“川”字，脸上不禁现出愠色。

感觉到身体里有一团炽热的烈火在灼烧，聂西闻深吸了一口气，双手紧握成拳转身离去。

从未见过聂西闻如此愤怒悲伤的眼神，小糯怯生生地后退了两步。

远处，季夏还在与辜遇通着电话，对于身后的一切一无所知。

“我相信你，哪怕他早上在记者们面前那么高调地对我宣战，哪怕他现在就在你身边，我也相信你。只要互相喜欢，足够喜欢，就没有要分开的理由。任何分开的理由，都是爱得不够的借口。”

对于季夏的解释，辜遇是意外的，他原本以为她不在意，懒得向他解释什么。

听了辜遇的话，季夏甜甜地笑了，过了两秒，她忽然反应过来辜遇前半句说了什么，她错愕地问：“什么早上他高调地宣战？”

“你不知道吗？聂西闻早上抱着一大束玫瑰花去你们公司，当记者们的面对你告白，说要追求你。”

“什么？”

“你没有见到他吗？”

“见了，”季夏有些生气地转过身，发现聂西闻不知何时已经离开了，“但他什么都没有说，只送了花给我，邀我一起吃午饭，但我都拒绝了。”

两个人又简短地聊了一下其他的事情之后，季夏便挂断了电话，虽然已与辜遇解释清楚，但她仍然没能松口气。

这一次与聂西闻再见，她总觉得心里不踏实，好像会徒生什么变故。

“季……季夏……”小糯有些语无伦次，“刚才的聂医生……他好像……怎么说，我感觉有些可怕……”

“你想太多了吧？”季夏没有在意，她虽然无法接受聂西闻的感情，但与他相处这么久，对他的人品还是非常放心的。

小糯抿了抿唇，张开的嘴又默默地闭上，再没说话。

没有人知道，此刻的聂西闻有多么痛苦。

04

卫生间里，镜子在聂西闻的拳头下裂开，殷红的血从被撕破的皮肤中渗出，染红了镜面，循着裂缝滴落。

聂西闻喘着粗气，凝眸盯着镜子里的自己，愤怒似乎随着落在镜子上的一拳，烟消云散了。

呼吸逐渐平复，心跳回归正常，他猛然察觉镜子里的自己俨然是个恶魔。

他慌张地收回拳头，连连深呼吸，血染在镜子网纹状的裂口上，殷红得像是方才被他捧在怀里的玫瑰花。

脑子里再次浮现起季夏与辜遇打电话时笑靥如花的模样，聂西闻莫名又来了气。他打开水龙头，双手捧水，一捧一捧地往脸上扑着。

冰凉的水刺痛了手上的伤口，也扑灭了他眸子里的怒火，许久，等心再一次恢复平静，他才关上了水龙头。

有人说，爱情本身就是赌局，若对方无心亦无梦，无论你手中有多少筹码，都是输家。

喜欢上季夏的那一刻，聂西闻就知道，这场赌局他毫无胜算。

季夏的心，在他们相识之前就已属于辜遇，所以，要把季夏从辜遇身边抢走，对于聂西闻来说，本身就是孤注一掷的博弈。

但是这场赌博，他势在必得。

向来不屑耍手段的他，在决定要“横刀夺爱”的那一刻起，就下定决心要不择手段地得到季夏，就算有一天她会恨他，他也不在乎。

整理好衣襟，聂西闻无视了手上的伤口，若无其事地走出了卫生间。

等他回到舞蹈室门外，季夏与小糯已不见了踪影，看着空荡荡的楼道，聂西闻拧紧了眉头。

他是生气的，也是难过的，不过几分钟的时间，季夏就直接抛下他离开了。

聂西闻掏出手机，将一个新的SIM卡换到手机卡槽里，重新启动手机之后，他编辑了一条短信，发送到一个没有备注名字的陌生号码。

做完这些后，聂西闻走到走廊尽头的窗前，玻璃上的雨痕斑驳了窗外的风景，他浅浅一笑。

一道闪电劈过铅灰色的天空，紫蓝色的光衬得他脸上的笑容诡异。他往前迈了一步，将手贴在冰凉的玻璃上，目光凝望着远方，低声说：“季夏，为了你，我会不惜一切代价。”

在此之前，聂西闻从没有想过，从前被嫌弃、看不起的身份，如今竟然会成为他的工具。但是在做出决定之前，他已做好面对全世界非议的心理准备。

雨越来越大，渐渐模糊了窗外的世界，聂西闻收拾好心情，一边点开手机里的天气预报软件，一边转身朝电梯走去。

天气预报显示，未来的一个星期内都是阴雨天气。

聂西闻嘴角勾勒出满意的弧度，他挺喜欢下雨天的。

与此同时，在手机里看见未来一周内的天气预测情况，季夏却皱起了眉头。

两分钟以前，宰遇给季夏发短信说想到信风岛上拍摄《流星狂欢曲》的MV，激动的季夏立马查看起天气预报，她本想在最近几天内就拍摄完这支MV，遗憾的是天公并不作美。

季夏正低头看手机时，一个身穿运动服、头戴鸭舌帽的女生忽然扑到了她的跟前，女生手里的录音笔直直地戳了过来，几乎要戳中季夏的脸。

小糯没能拦住，面色难看地斥责道："这位女士，你在做什么？麻烦你离开！"

这里是办公大厦的地下停车场，对方的装扮一看便知是刻意伪装过的，出现在这里，看样子是偷偷潜入的。

念及此，季夏下意识地往后退了两步，女生不依不饶地抓住她的胳膊。

女生以极快的语速质问季夏："季夏，请问昨天晚上跟你抱在一起的男子是谁？你们是什么关系？对方早上在记者面前对你公开示爱，请问这是你们公司惯用的炒作手法，还是你和宰遇之间出现了感情问题？究竟该男子是你和宰遇间的第三者，还是宰遇本身就是第三者？"

季夏面无表情地回了一句："无可奉告。"

朴河寅曾告诉过她，遇到不知道怎么回答，或者不想回答的问题，只说"无可奉告"便可，于是她照搬无误。

女生还要追问，小糯不客气地推开了她："不好意思，季夏要赶通告。"便拉着季夏快步上了保姆车。

当保姆车驶出停车场时，季夏将头靠在车窗上，脸上已没了对新歌MV的期待。

身旁的小糯一边打开便当袋，一边安慰季夏："大厦的保安怎么回事，怎么能让记者潜伏到地下停车场来？我等会儿得跟Heinz哥说一声，让他给你安排两个保镖。季夏，你这几天要多注意一下，不过也不用太烦恼。我估摸着这绯闻的风吹吹就过了，过几天就没人再议论了，那些记者们编不出新闻，自然就没趣放弃了。"

说着，小糯把便当递了过去，季夏默不作声地接过，心下暗自呢喃：希望吧。

此时此刻，她们全然料想不到，季夏与聂西闻的绯闻竟会愈演愈烈。

季夏是从记者的口中得知聂西闻的另一个身份的。

“季夏，你能出道是不是因为聂姓医生？有传言说他是HN公司社长金镇秀的私生子。”

季夏第一次听说这种事，整个人当场愣在原地。

她从没想过聂西闻会是社长的私生子，一时间感到非常震惊错愕。而下一秒，一种非常复杂的情绪又涌上心头，她既惧怕惶恐，又不甘愤怒。

原来她当初之所以能够出道，全是多得聂西闻这位贵公子的“潜规则”。

怪不得南盛对她那么看不惯，她竟然是最后一个知道真相的人。

没有聂西闻，她什么都不是，更何谈梦想？她享受的崇拜与欣赏，本不该属于她。

所有的努力突然间被全盘否定，季夏又迷惘无措起来。

这时，聂西闻穿过层层围住季夏的人群，来到她的身边。

他亲昵地揽住季夏的肩膀，似乎是在给予她安慰的力量，又似乎是在有意制造暧昧。

季夏神情复杂地看着聂西闻，她脑子里一片空白，不知道该如何面对他。她身子僵硬着，脸上没有表情。

聂西闻笑得得体又温柔，这一刻的他，心里既不紧张，也不惧怕镜头，只有内疚。

他记得很清楚，母亲聂蕙的临终遗言只有一句话：“永远不要原谅他。”

母亲病逝时，正好是他十八岁生日的前夕，在母亲合上眼睛之前，他握住母亲的手，咬着牙点了点头。

母亲口中的“他”，除了金镇秀便无他人。

聂西闻曾以为，他永远都不会见到那个始乱终弃的男人，直到母亲去世两个月后，金镇秀突然出现在他的面前。他也曾以为，这一生他都会将自己那句“我与你毫无瓜葛，我永远都不会求你，不会回到你身边，不会成为你金镇秀的儿子”奉行到底。直到季夏闯入他的生活，而他情不自禁地喜欢上了她。

因为季夏，他破了他所有的底线。

见聂西闻出现，记者们的提问如连珠炮似的抛了过来——

“聂医生，据知情人士爆料，现HN社长金镇秀在迎娶HN前社长的千金之前，曾与我国一名聂姓女子育有一子，请问你就是金镇秀与聂姓女子的孩子吗？季夏之所以能在HN破格出道，是因为你在背后推波助澜吗？”

面对记者的咄咄逼人，聂西闻轻咳一声，抬眼直面镜头，保持着微笑："是，按照DNA（基因）检测结果来说，我是金镇秀的儿子，但我并不想承认这个身份，我只是一个很普通平凡的医生。我站在这里主要是想强调一点，季夏今日的所有成就都是靠她自己努力得来的，跟我没关系。她是一个很努力勤奋的女生，这也是她吸引我的地方。她的努力向上、善良可爱，是世界上最美好的东西。她对音乐的热爱尤其可贵，她从来都不屑耍手段，更不屑所谓的走捷径与潜规则，所以请你们不要随意揣测侮辱她，否则我将代表季夏，向你们追究法律责任。"

聂西闻话音落下，现场顿时鸦雀无声。

而在距离季夏所在地方的一公里的街上，一辆轿车停在斑马线前，辜遇坐在车里。他手里捧着手机，正看着这一幕的直播。

他的眼中有愤怒、妒忌和不甘。

此刻在现场揽住季夏的，明明应该是他。

05

“请你坦白告诉我，我之所以能进入HN并顺利出道，是不是因为你的关系？”

回到公司里，季夏将聂西闻拉进舞蹈室，质问落下，她听见自己的声音在空旷的房间内回荡，随后一点点消散，带着始料未及的哽咽和黯然。

聂西闻垂眸与季夏对视，眉间不自觉地有了褶皱。

她明明就站在他的面前，可他却觉得她离他好远好远。

几乎是下意识地，他抬脚往前迈去，季夏连忙做了一个“禁止”的手势，旋即，他听见她喊——

“你别过来！”

急切的声音里，可以清楚地感觉到她的不安。

他猛地收住了脚步，定在原地。

季夏抿了抿唇，解释道：“我不想有任何误会。”

聂西闻激进奋勇的告白，对于季夏来说，已经造成了困扰。聂西闻心中明白，季夏的言外之意是要与他保持距离。

他无奈地扯了扯嘴角，似笑非笑，方才他在记者们面前对她的肯定和维护，并不足以感动她。

见聂西闻沉默不语，季夏按捺不住，再次发问：“聂医生，请你回答我的问题，我之所以能进入HN并顺利出道，是不是因为你的关系？如果你不是社长的……儿子，我甚至连踏进HN的机会都没有，是不是？”

若换作别人，大概会毫不犹豫地说“是”，如此便能期待季夏感恩戴德的回报。

然而聂西闻十分了解季夏，他知道一声“是”永远不可能换来季夏的另眼相待，她讨厌抹杀了一切努力的潜规则。他将自己的身份匿名爆料给记者，不是为了在这一刻向季夏邀功。

聂西闻认真地回答：“我在记者们面前说的都是真的，你能出道，是因为你足够努力，也有实力。我跟你说过，Heinz是我的老同学，当时你想实现唱歌的梦想，我不过是在Heinz面前推荐了你，从来没有利用过我的身份。”

闻言，季夏半信半疑：“你没有骗我？”

聂西闻无奈地笑着：“自我记事起，便一直感受着我母亲对金镇秀的恨。当年他抛下我们母子，娶了HN前社长的千金，从此一步登天。而我母亲含辛茹苦养大我，没过过一天的安稳日子。她的临终遗言只有一句话，便是嘱咐我，要我永远不要原谅金镇秀。”

第一次听聂西闻谈起自己的身世，季夏有些手足无措，忘了刚刚还在纠结的“真相”。

聂西闻从来不提他的家人，季夏一直以为他是富贵人家的孩子，自小养尊处优，哪里想象得到，看似对任何事情都淡然处之的聂西闻，过去是这么悲惨。

季夏张嘴想要安慰他，嘴巴却笨拙地只说出一句：“对不起。”

聂西闻笑了笑，没有说话。

他隐瞒了他为了她主动去见过金镇秀的事，因为他不想抹杀季夏的努力，而且比起邀功，默默地付出更能赢得她的好感，倘若日后她得知他当时的牺牲，心里只会惦记着他的好。

他深以为步步为营会稳操胜券，却没有料到季夏突然从包里拿出一个首饰盒。

聂西闻一眼便认出那个盒子，那里面装的是他送给季夏的出道贺礼，一条蒂芙尼手链。

果不其然，盒子打开，他曾悉心挑选的手链安然地躺在盒子里。

聂西闻还来不及问些什么，季夏已先开口。

“聂医生，一直以来，我都把你当成良师益友，倘若说是朋友，倒不如说是良师来得更贴切。在H国首都的那一年，你一直在默默支撑着我，我很感激，但这与爱情毫无关系。离开H国首都的那天，我曾犹豫过要不要把这条手链留下，后来我还是带走了它。那是因为我以为我们再也不会见面了，所以我把这条手链留下，当作是那一年最好的见证。

“其实我很早便察觉到你的心意，只是我自私，以为不说破还能继续做朋友，因为我不想失去你这个良师。你曾给了我许多希望与建议，是你带着我走出了黑暗。

“但……真的非常对不起，聂医生，现在我不得不把这条手链还给你。我是个很愚笨的人，对我来说，爱就是一生一世，我心里的那个人是辜遇，也永远只会是辜遇。你的喜欢和追求让我受宠若惊，你有你的好，但感情是不可理喻的，即便我先遇上你，也许我爱上的人也不会是你。

“聂医生，在我心里，你永远都是最好的聂医生。你拯救了最落魄时的我，我永远都会记得你对我的鼓励和恩情。”

一长段话说完，季夏将首饰盒递到聂西闻眼前。

聂西闻直直地盯着那条手链，垂在两边的手紧握成拳，青筋尽显。

聂西闻沉默着，努力克制着心上的怒火，他呼吸变得急促起来。偏偏季夏丝毫察觉不到他眼中的愠色，兀自又往前迈进一步，捧着首饰盒的手抬高了些许，态度有些强硬。

聂西闻咬紧牙关，下意识地抬手一甩，打在了季夏的手背上。

“啪嗒！”

首饰盒被粗暴地打落在地，手链挣脱了盒子的束缚，跌落在不远处的地板上。

从未见过这样盛怒失态的聂西闻，季夏当即僵在原地。

下一秒，聂西闻跨步越过季夏，径自出了舞蹈室。

季夏不知道，聂西闻在害怕，害怕自己再不离开这个房间，会控制不住心中的怒火，伤了她。

06

聂西闻刚离开，辜遇就从电梯里走了出来。

舞蹈室门外，几个女生扎堆在一起，半捂住嘴巴，窃窃私语着。辜遇走近，听见其中一个女孩儿在说——

“刚刚那声音，该不会是那个聂医生对季夏动手了吧？”

闻言，辜遇的眉头兀地一紧，马上冲进了舞蹈室。

安静的房间内，季夏呆愣在原地，她单薄瘦弱的身影映在落地镜里，莫名地有些孤寂。

辜遇紧步上前，抬起手，轻轻抓住了她的双臂，语气担心地问：“季夏，你没事吧？”

季夏后知后觉地回过神来，抿嘴道：“我没事。”话落，她蹲下身去，将掉落在地上的手链拾起，放进了首饰盒里。

直觉告诉辜遇，那条手链是聂西闻送给季夏的。他兀然想起直播里聂西闻揽住季夏肩膀的一幕，与聂西闻趾高气扬的“代表”论，到底没能按捺住心上因在意而燃烧起来的妒忌与愤怒，脸色沉了下去，眉眼间分明写着介意。

“聂西闻送的？”他问她。

问话来得突然，季夏老实地点了点头，还没等她解释，辜遇又接着问。

“为什么要收他送的礼物？”

季夏抬眼看向辜遇，明知故问地笑着问：“你是在吃醋吗？”

“是。”醋坛子摔破，辜遇丝毫没有要掩饰的意思，撇起的嘴像个争宠的小孩，“我不想你接受他的礼物，不想你与他有任何来往。我希望你与他保持距离，起码——”说到这里，他认真思量了两秒，才接着道，“得三米。”

“扑哧！”季夏掩嘴轻笑起来，解释道，“我只是要把手链还给他，这条手链是当初在H国时，他送给我的出道贺礼，因为不想他再有任何误会，所以打算把手链还给他。聂医生是个很优秀的人，他曾给过我很多帮助，在还这条手链前，我已设想过最坏的结果，就是与他从此再不往来。但我没想到他会那么生气，一点儿也不像我记忆里的聂医生。”说到这里，她不由自主地蹙起眉。

见状，辜遇抬起手，指腹按在季夏的眉心上，开起了玩笑：“你在我面前这么夸奖他，就不怕我被醋淹死吗？”

季夏闻言轻笑：“我不怕啊。因为你更优秀，在我心里，没有谁比你更好。”

只一句话，季夏就抹去了幸遇心中的介意，叫他如沐春风，扬起了嘴角。

幸遇一把将季夏拥入怀中，在她耳边低低呢喃："你以后还是不能看他，看着我就够了。"

季夏莞尔一笑，还未回话，门口处传来脚步声，门"吱呀"一声被推开了。

开门声惊扰了这一刻的温馨，季夏与幸遇默契地松开了拥抱，一同看向门口，只见朴河寅站在门口处，一只手抵着要自动闭合的门。

"季夏，"朴河寅唤她，"到我办公室来一趟。"

"哦，好。"季夏点点头。

幸遇眼中不自觉地染上担心，季夏刚又与聂西闻出了新闻，朴河寅大概是来责备她的。他牵住季夏的手，体贴道："我和你一起去吧。"

季夏摇了摇头："没事的，不用了。"

她想趁此机会问一问朴河寅她当初出道的真相，她太过在意自己究竟有没有实力这件事，所以心中很明白，聂西闻的话很有可能是出自对她的爱护，真实成分不得而知。

她很感激聂西闻的爱护，可她永远不会喜欢这种爱护。

她跟着朴河寅来到办公室，两个人隔着一张办公桌对视着，眼中各自携着打量，气氛一度有些阴郁。

朴河寅率先开了口："最近关于你的绯闻太多了，现在连西闻的身世都牵扯出来，公司非常重视这件事情，这段时间你和幸遇也好，和西闻也好，都要保持距离。目前已经安排了的活动行程不会有任何改变，公司会给你安排几个保镖，如果遇上记者围堵发问，保持沉默就好。还有，之前你和幸遇提出拍摄MV的事，现在暂且搁置。"

听完朴河寅的话，季夏眉头一紧，追问："和聂医生保持距离我可以理解，也十分赞成，可是为什么连幸遇都要保持距离？这不是在变相承认我和幸遇的感情出了问题吗？"

"这是公司公关部的危机处理对策，你听从安排便是。"朴河寅抬手一挥，示意话题到此结束。

季夏不知道，朴河寅其实存有私心，想助聂西闻一臂之力。

多年好友情谊，朴河寅深谙聂西闻对季夏的心意，早前不干涉季夏与幸遇，只是因为聂西闻甘愿守候。如今聂西闻激进争取，朴河寅自然是要站在他这边，这是好友之间的支持。从另一个方面来说，若季夏与聂西闻在一起，这对他未来的事业发展百利而无一害。聂西闻是HN公司的唯一继承人，季夏又是他管理的艺人，而聂西闻一向对接管HN一事意兴阑珊，他说不定有朝一日能成为HN的理事，代为管理公司。

思及至此，朴河寅不由得为自己之前的不作为感到庆幸。

其实，在聂西闻与季夏被拍到拥抱照片时，他原本是想压下这件事情的，只因为聂西闻让他不要管，事态才会一发不可收拾。朴河寅原本以为，由着季夏与聂西闻的绯闻漫天，公司会对他的不作为做出惩戒，意外的是，紧接着聂西闻的身世就被曝光了。这个爆炸性的新闻不仅带来了更大的冲击，也给他带来了更好的机会。

金镇秀年事越来越高，一直想要修复与聂西闻的关系，作为聂西闻的好友以及公司里的资深经纪人，朴河寅无疑是金镇秀相中的最佳人选。可这些年来，无论朴河寅如何旁敲侧击，聂西闻始终没有放下芥蒂。直至季夏的出现，聂西闻第一次主动要求与金镇秀见面，那时朴河寅就知道，季夏是一颗很好的棋子。

季夏不知道朴河寅在想些什么，她没有起身离开办公室，一心只想知道关于出道的真相："河寅哥，你能不能坦白地告诉我，当日公司之所以收下我当练习生，并且在短时间内让我出道，是不是因为聂医生？"

季夏的质问，正好是朴河寅在等待的。

对上季夏疑惑迷惘的目光，朴河寅轻笑一声："季夏，我和西闻认识很多年，从未见过他对哪个女生这么好。"

季夏的目光不自觉地移开："河寅哥，我要知道的不是这个。"

朴河寅努了努嘴，这才正面回话："你确实是一个很努力的姑娘，也有一定的实力，但在这个圈子里，有实力并不代表一切。当初西闻把你推荐给我，我看了你的资料，你是有资格进入我们公司的。不过作为练习生而言，公司对你的训练至少会持续两年，还要看你适不适合目前已在策划的出道团体。单独让一个人出道，在H国凤毛麟角。然而对于我给出的答案，西闻并不满意，所以他主动要求与社长见面，亲自向社长推荐了你，并提出让你与南盛以情侣组合名义出道的新鲜方案。西闻是私生子，这么多年来，他从不承认与社长的父子关系，你是唯一让他违背了他对母亲临终遗言的人。"

闻言，季夏沉默不语。

朴河寅打量了她一番，补充道："再有实力的人也需要机会，而你的机会则多亏了西闻。"

第七章

夏夜里没有月光

01

阴雨在A市里徘徊了几日，直至时间迈入七月，阳光才终于撕去了天空铅灰色的外套。夏风吹散了似雾的阴霾，大片的湛蓝在层层白云间越发澄澈透亮。

彼时，正值午后三点多，季夏站在公司大厦的天台上仰着头发呆。

彩虹如一座桥，横越过天际，倒映在她的眸里，像谁拿了沾满颜料的画笔，在她的眸子里轻轻上了色。

季夏的心情并没有因为眼前的美丽风景而变得明媚，她的眉头深锁着。

十分钟之前，她看到了沈思滢出席记者会的视频，沈思滢脸色苍白，以健康问题为由，宣布将个人大提琴巡回演奏会无限期延后。季夏想起上一回与沈思滢在医院里的谈话，心中不禁担忧，给沈思滢拨去电话，只等到一句“您拨打的用户已关机”。

联系不上沈思滢，季夏的心越发地不安。

想起游溪那句“思滢她真的生病了”，季夏忍不住一阵自责，恨不得掌掴自己，心底暗自骂道：季夏，你当时为什么不好好问清楚，还说你如何在乎沈思滢，可她生病了你都没有关心！

那日她还对沈思滢说了绝交的话，她真是不该！

手足无措之际，季夏想起了游溪，她立马打开手机通讯簿，却找不到游溪的电话号码。过了一会儿，季夏才后知后觉地反应过来，她和游溪连朋友都算不上，她怎么可能会有他的号码呢？

她不死心地将通讯簿又翻阅了一遍，好似这样就能翻出一个不存在的号码似的。

忽然，她的目光停在一个名字上——聂阿姨。

恍惚间，季夏的记忆被带到了微凉的四月初，那天游溪将她绑架，想逼迫她跟HN解约，离开国内，离开幸遇。当时如果不是聂阿姨的出现和阻拦，她都不敢想当时的情况会发展成什么样……游溪一向我行我素，除了沈思滢，谁也不放在眼里。

聂阿姨是游溪的继母，也是因为她的保证，季夏之后才免受游溪的威胁和困扰。为了防止游溪再对季夏做出什么过分的事情，当时聂阿姨留下了自己的联系方式，让季夏情况紧急时联系她。

虽然这件事不关乎游溪骚扰，不过季夏实在担心沈思滢，只好硬着头皮拨通了聂阿姨的手机号码。

聂阿姨得知季夏想要游溪的联系方式，着实有些惊讶，不过她涵养很高，并没有多问，就爽快地告知了游溪的手机号码。

拿到游溪的联系方式，季夏立马拨去了电话，然而游溪没有接。她耐着性子又拨了一遍，这次游溪很快接通了。

“喂？”短促的一声，游溪语气生冷，带着一种高高在上的傲慢。

“喂，游溪，我是季夏。”季夏抿了抿唇，先报上了身份，“思滢到底怎么了？她得了什么病？我想见见她，她在你身边吗？你能不能让她跟我说几句？”

季夏的声音刚落下，游溪就冷笑起来，他鄙夷地说：“沈思滢怎样都跟你没关系，是你自己不要这个朋友的。”接着不等季夏回话便挂断了电话。

季夏没想到游溪会这么回答，她的手微微发着颤，好半天没缓过来，脑子里只剩下自己的声音挥之不散——

“既然你不想要我这个朋友，那我也只能放弃你了。”

鼻子发酸的同时，眸子里泛起了弥天大雾，季夏抬起头，天上的彩虹在对她微笑，她却只能僵住嘴角。

她失落地离开天台，结果在消防通道里碰见了宰遇。

宰遇是特意上来找她的，HN公司所在的这栋办公大厦一共三十二层，然而电梯只能到三十层，要到顶楼的天台就一定要从三十层的消防通道往上走，他们便是在这两层之间的楼梯里碰见的。

与宰遇相隔着十级阶梯，季夏默不作声地看着他，眼睛中既有疑惑，又有无措，这是她对宰遇避而不见的第三天。

宰遇先开了口：“小糯说你看了思滢的新闻后就不见了，我找保安看了监控，发现你在三十层下了电梯，便猜你来天台了。”先解释了一番自己出现在这里的缘由后，宰遇顿了顿，问她：“你这三天为什么要避着我？”

季夏本来想解释，但是脑海里忽然闪过朴河寅的叮嘱：“这段时间你和宰遇也好，和西闻也好，都要保持距离。”

她如果直接这么说，宰遇肯定会受伤的吧，说不定会责怪自己影响了她的工作。

这么一想，她到底没能张口坦白。

宰遇见季夏一副犹豫不决的模样，知道她在隐瞒什么，再也沉不住气，直接愠怒地质问道：“是不是因为聂西闻？”

02

见辜遇有些生气了，季夏迈开步子走下台阶，找了一个借口：“河寅哥给我接了一档综艺节目，是明星们竞歌比舞的节目，我最近光顾着练习歌舞，一时间忘了联系你。”

三日前，朴河寅拿出综艺节目《想把我唱给你听》的策划介绍与合同，对季夏说：“这档综艺，是你实力的最好证明。”

季夏半信半疑地接过文件，只是粗略地翻了翻，便对节目产生了极大的兴趣。

这是一档以竞歌比舞为噱头的综艺节目，拟邀的有备受争议的歌手，也有成名多时的明星，还有从演艺圈跨界到歌唱圈的演员等。而比赛的评委除了曾风靡乐坛的天王天后，还有著名音乐家辜氏夫妇。

诚如朴河寅所说，如今季夏声名狼藉，借这个舞台，用实力证明自己，无疑是最好的选择，更何况评委中还有辜遇的父母。凭借这次机会，她说不定可以让辜遇的父母对她改观。

于是迟疑了半晌，季夏在合同上签了字，并在朴河寅的要求下，当即把手机上缴了。

辜遇显然是不相信的，他本以为季夏还会说些什么，但看她的样子是要擦肩而过，他有些慌张，生怕错过这个说清楚的机会，她会继续对他避而不见。他忍不住伸出手，抓住了她的手臂。

“不过是个综艺节目而已，有那么重要吗？”他情绪晦暗。

“当然重要。”季夏坚定道，“只要我胜出了比赛，就是最好的证明，那些质疑声自然会湮灭。”

“比赛不过是综艺的噱头。”

“这次辜老师和连老师都应下了邀约，作为此档综艺的评审，这代表他们也认同这个节目的意义。”

季夏的话一出，辜遇顿时语结了。

辜遇鲜少过问父母的工作，若非从季夏口中听说，他根本不会知道，向来清高的父母竟然也会接受综艺的邀请。

季夏没有在意辜遇的反应，拨开他的手，抬脚继续往下走。

她心里是有些生气的，她没想到看重的比赛，在辜遇眼中只是在娱乐大众的噱头罢了，她忽然觉得他一点儿不懂她心里的烦恼，不知道在流言满天飞的当下，外界的认可对她来说有多么重要。

幸遇对季夏的生气毫无察觉，他只注意到她拨开他手的无情，好像是要把他从她的心上推走。

他难过得屏气了几秒，追问道："即便它真的很重要，至少……至少你回个信息，打个电话的时间总有的吧？"

"我手机上缴了。"季夏顿下脚步，"我以为你会理解的。"

"我要怎么理解你？"季夏说的是她的梦想，幸遇却误会了，他控诉起来，"你说手机上缴了，你说在为综艺做准备，专心练习歌舞，可是为什么你只是避开我，却有时间和聂西闻天天见面？"

"这和聂西闻有什么关系？我们只是偶然遇见。这么说，你是不相信我？"觉得幸遇的问话很无理取闹，季夏蹙紧了眉头。

她不知道幸遇为什么会那么清楚她与聂西闻的见面，但很显然，幸遇并不相信她，他口口声声说对他们的感情信心满满，如今却像个疑心病者。

眼见两个人就要争吵起来，幸遇裤口袋里的手机突然铃声大作，打断了谈话。

幸遇不耐烦地掏出手机，一看是一串陌生号码，他想也不想便挂断了。

然而手机再次响了起来，他再一次按掉，抬眼看向季夏，刚要说话——

"丁零零——"

手机铃声锲而不舍着，大有他不接就一直拨进来的气势。

季夏蹙起眉："你先接电话吧。"

听季夏这么说，幸遇这才接通了电话。

"幸遇，是我，思滢。"沈思滢的声音怯怯地响起。

幸遇皱紧眉头，当即想起沈思滢对季夏做过的那些过分的事，他抬眼看向季夏，发现她已经推开了消防通道间的门，正要消失在他的视线里。

不等沈思滢再说些什么，他冷着声音，呵责道："你又想做什么？沈思滢，我警告过你，让你好自为之了，你又想玩什么把戏？你不要再来找我了，我不想再见到你。拜托你，离我和季夏都远远的，可以吗？"说完，他匆忙挂断电话，去追季夏了。

电梯门前，幸遇终于唤住了季夏。

季夏看也不看他，不等他说话，便自顾自道："不管你信不信，我已经和聂医生说清楚了，我只是想花更多的时间去练习，我有多在乎我的梦想，你应该知道的。"

见季夏都这么说了，幸遇心里的郁闷舒缓了一些，他刚想说话，季夏又接着说：

“我现在去练歌了。你若是有时间，还不如多关心一下思滢，现在的她比我更需要你。”

一听见沈思滢的名字，不悦立刻涌上辜遇的心头。

为什么季夏总想着把他推到沈思滢身边？之前如此，现在还是如此。

念想一起，他对已经踏入了电梯里的季夏大声问道：“练歌比我更重要吗？”

他有意避开沈思滢这个话题，是因为不想再提她。

辜遇曾问过这个问题，那还是季夏与他去郊外的山顶约会，一同看流星时，他还未尽兴，她就急着要回公司练歌。

季夏明知道辜遇想要什么答案，却对他方才的不信任耿耿于怀，烦躁难安之下，她冲动地回答：“是。”

语毕，她按下电梯里的关门键，将辜遇一人留在了这一层。

03

回到练歌室，季夏的心思已不在练歌上，一直走神出错。

就在她心烦意乱之际，聂西闻敲开了练歌室的门，两个人四目相对时，聂西闻对她露出温柔的浅笑，然而季夏并没有给他好脸色，只是拧紧眉毛，一副不悦的模样。

季夏本来心情就不好，还不喜欢在练习时被人打扰，一看来者是聂西闻，连装模作样都疲于去做。

聂西闻见她心情不好，当即关心地问道："怎么了？练习不顺利吗？"

想起刚才跟辜遇吵架有一半是因为聂西闻，如果不是聂西闻，她和辜遇也不会发生争吵。这么想着，季夏忽然觉得光是看到聂西闻都惹人心烦，她无意识地将与辜遇生的气一股脑撒在了聂西闻身上。

她微微抬起头，毫不客气地说："聂医生，我希望你明白，你这样来找我，我一点儿也不喜欢。无论你做什么，我都不会喜欢上你。你比我年长，也该知道，当你的喜欢对另一方造成困扰，那就不是一份值得坚持的喜欢。"

季夏面带愠色，说话的口吻冷淡，与以往的温婉模样全然不同。

空气霎时凝固。

没想到季夏会这么说，聂西闻错愕地愣在原地，他眼神打量着季夏，像是在怀疑眼前的这个女生到底是不是他所认识的季夏。

不过五秒，聂西闻又恢复了温柔，他笑着抬起手，掌心贴上季夏的额头："你是不是身体不舒服？"

季夏当即推开他的手，后退一步，语气郑重地说："我不希望辜遇对我们之间有任何误会，接下来我忙着录制综艺，不想把时间浪费在这些无谓的事情上。聂医生，我觉得A市并没有值得你留恋的人和事，你是时候回H国了。"

季夏无情的话如一把尖刀，无情地刺中了聂西闻的心脏，他连连深呼吸，只觉得疼得快要窒息了。

"季夏，我……"

"笃笃笃。"

就在聂西闻双手紧攥成拳，想要说些什么时，敲门声打断了他。

小糯推开门，探进头来："季夏，Heinz哥让你去他办公室一趟。"

"马上就来。"季夏应道。

话落，她将目光从小糯的身上收回来，又落回到聂西闻脸上，许是小糯的打扰，她后知后觉地意识到自己刚才说的话有多过分。

但说出去的话，她并不想收回。

“刚刚说的话有些过分，对不起了，但我希望聂医生你能够明白我的意思。”

说完，她径自离开了练歌室，不再看身后的聂西闻是怎样的表情。

不一会儿，季夏就到了朴河寅办公室的门外，礼貌地敲了敲门，得到朴河寅应允，她才推门而入。

“河寅哥。”季夏朝办公桌的方向看去，朴河寅正坐在办公桌后面，他对面的转椅上坐着一个女生。

从季夏的角度望去，只看见女生的侧脸，对方把头发束起一半，辫子绑得慵懒，余下的头发散在肩上，几缕刘海垂落脸侧。

女生闻声转过头，上扬的嘴角落入季夏的眸子里。

真是个漂亮的女孩儿，季夏悄悄感叹。

“你好，我是许多月。”女生站起身来，朝季夏礼貌地鞠了一躬。

“你好，我是季夏。”季夏点头微笑。

“都坐吧。季夏，许多月是咱们公司新签的艺人，以后就是你的同门师妹了。”朴河寅冲季夏挥了挥手，示意她坐下。

新签的艺人，意味着这是HN公司在中国成立艺人工作室后签约的第一个艺人，会是重点发展的对象。

许多月朝季夏伸出手，毕恭毕敬地道：“季师姐，以后请多多指教。”

明明年纪相仿，许多月却格外谦卑，让季夏有些别扭，她连忙握住许多月的手，回道：“我们年纪应该差不多吧，你叫我季夏就可以了。”

“好的，季夏。”许多月笑着熟稔地说，“听Heinz哥说，我们不仅年纪一样大，生日好像也是同一个月。更巧的是，虽然我之前在H国首都生活，但其实我小时候在笼月镇生活，我们算是同乡吧。”

“你是笼月镇的人？”季夏惊讶地道，声音里带着几分惊喜，立马对许多月有了很多好感。

“是啊，不过我离开有好几年了，后来一直没有再回去过，说起来还真是想念呢。”许多月语气有些怅然，看起来很想念在笼月镇的日子。

朴河寅摇摇头，手指屈着，轻轻地叩了两下桌面：“你们还是等下再慢慢聊你们的家乡吧。”

两个女生相视一笑，各自落座。

朴河寅对季夏说："这次叫你过来，除了正式给你们介绍一下以外，也有一件事想同你商量。多月是从H国过来的，对A市人生地不熟，我想让她搬进公司给你租的公寓里。"

说是"商量"，但季夏明白，只是通知一声罢了。

季夏无所谓，倒是许多月生怕不被季夏接纳，立马伸出三根手指，做发誓状："季夏，我可以跟你的助理住一个房间，我听说你们是一人住一个房间。我保证绝对不会给你制造麻烦。"

许多月小心翼翼的样子，让季夏产生一种在照镜子的错觉。

是的，这样的许多月，好像从前的她，躲在舞台后的她，对季冬卑躬屈膝的她。

如此念想着，季夏握住许多月的手，笑道："跟我一个房间也可以，我没关系。"

见状，朴河寅满意地笑了："那就这么定了。多月，你今晚就可以搬进去，明天搬也可以，搬之前给公司司机打个电话，他会直接去酒店接送你。"

许多月温软一笑："好的，谢谢Heinz哥。"

朴河寅又看向季夏："季夏，有关于你的行程要稍作调整。下周三你不是要去C市录制综艺吗？我已经和节目组说好了，你带上多月一起去吧。公司决定先让多月以迷你专辑正式出道，内容大致方向已经定好了，迷你专辑的录制工作比较快，到时候应该会比你的新专辑快一步上市。当然，你的新专辑依然是公司的重点项目。另外，在多月出专辑之前，你们两个人会出一首对唱的歌，是一首广告歌，用于公司刚给你们接的乌龙茶广告里。广告半个月后会进行拍摄，正好是在综艺《想把我唱给你听》的第一期录制之后……"

等朴河寅说完，许多月立马皱着眉头反对："我觉得还是等季夏的新专辑出了之后，再推出我的迷你专辑吧。季夏的专辑筹备在先，不能因为我这个新人而推迟。"

许多月在担心自己的迷你专辑抢在季夏的新专辑之前上市，会惹得季夏不高兴。

许多月的小心翼翼和胆怯怕事，季夏一眼明了，善解人意的她轻笑着说："又不是不给我出新专辑了，没关系的。"

与别的艺人不同，季夏从不与人争长竞短。她想得很简单，只要她还能继续唱歌，得到全世界的认可，就可以了。

许多月仍不安心："可是……"

朴河寅打断了她："公司的安排有公司的考虑。你现在是个新人，如果季夏先出了新专辑，你紧接着再出专辑，那么你的专辑关注度将会下降很多。毕竟你目前没有粉丝基础，而季夏已经有成熟的粉丝体系，就算她的粉丝粉上了你并购买了新专辑，也不会因此不买季夏的。”

“哦，这样啊——”许多月恍然大悟，她不好意思地笑笑，“看来是我想太多，高估了自己。”

“你只是替我着想而已。”季夏眯起眼睛，卧蚕浮现，将笑容描绘得更加亲切。

04

季夏从朴河寅办公室出来后，已是晚上七点零七分。

盛夏的日照很长，临近晚上八点天才会黑，橘红色的霞光透过走廊尽头的窗户照射进来，温暖而明亮。

季夏正要去等电梯，身后响起了许多月腼腆的声音："季夏，我们一起吃个晚饭吧？我在A市没什么朋友，和公司的同事们也不熟悉。我们也算是同乡，如果季夏你不嫌弃的话，能跟我做朋友吗？我想从你身上学到很多东西。"

"我也没什么朋友。"季夏回道。

"那我可以做季夏的好朋友啊！"许多月笑容灿烂地拉住季夏的手，一派亲热，只是她忽然想到什么，笑容猛地收住，眼神怯生生地望着季夏，口气卑微地问，"可以吗？"

"当然可以。"季夏回握住许多月的手，莞尔浅笑，目光却有些黯淡，"只是……我不知道我能不能做好。"

她想起了沈思滢。

许多月不解地看着季夏，正想问些什么，季夏又不动声色地抹去了眼里的伤感。

她拉着许多月朝电梯走："我们走吧，叫上我的助理小糯一起吃饭，小糯肯定会很喜欢你这个新朋友的。"

小糯正在季夏的休息室里等着，见到季夏，她立刻凑上前，将一个袋子递给季夏，完全没有注意到季夏身后的许多月："聂医生让我给你的。他说你心情不好，所以特意去甜品店给你买了蛋糕，一个是芝士戚风蛋糕，一个是黑森林蛋糕。我已经说你最近在控制饮食了，但他非要给你，还说你吃不完就给我吃。"

看着小糯递过来的袋子，季夏一点儿也没有要接的意思。

见季夏沉默不语，小糯犹豫了一会儿，问起了幸遇："对了，你今天见到了幸遇吗？就在聂医生来之前。"

季夏终于开口，她有意忽略了关于幸遇与聂西闻的话题，对小糯说："蛋糕都给你吃吧，或者——"

她扭头看向身后的许多月："多月，你喜欢吃蛋糕吗？"

"啊？"许多月愣了愣，旋即回道，"我……我都可以。"

"那我们先去吃饭吧，饭后你们两个人把蛋糕分了。"接着，季夏向小糯介绍起许多月，"这是许多月，咱们公司新签的艺人，这两天会搬到我们的公寓一起住，以后大家既是室友，也是朋友了。”

“你好，我是小糯。”小糯率先与许多月握手。

“小糯你好，以后请多多指教。”许多月回握道。

“你太客气了，我一个小助理，哪有什么可以指教你的。”小糯不好意思地挠了挠后脑勺，眼神里忽然带上了打量，“我好像在哪里见过你。”

“你也是从H国来的吗？我听你的口音像。我之前在H国生活，可能我们以前在H国遇见过？”许多月说着，忽地像想起了什么，又接着道，“啊！也有可能是在电视里或杂志上看到过我。我以前是模特，参加过几场模特比赛，拍过几本杂志。”

“原来是这样，那我应该是在杂志上见过你。”

“都是过去的历史了。”

“那你怎么会想当歌手呢？”

“因为我一个好朋友。她很想当歌手，但是她做不到了，所以我想替她实现梦想。”

一阵寒暄过后，三个人去了公司附近的餐厅吃饭。

虽然是初次见面，但因为许多月热情主动的性格，三个人相处起来气氛十分融洽，不过短短一个晚上，竟像认识了许久的朋友。

翌日早上，许多月只带着一个行李箱，就轻轻松松地搬进了公司的公寓，住进了季夏的房间。

房间是许多月自己挑的，因为季夏说她愿意住哪个房间就住哪个房间，所以她大胆地选择了与季夏同屋，她给季夏的理由是：“我莫名地就想与你更亲近一些。你的生日只比我晚了几日，按说，我应该是占了便宜的姐姐，可我看着你就很心安，心里不知觉地把你当作了姐姐。”

听了许多月的一番话，季夏冷不丁想起了季冬。她轻悄悄地叹了一口气，心下呢喃：我并没有把姐姐这个身份做好。

许多月收拾行李时，把几个布偶放在了床头，又插了一束花放在梳妆台上，季夏再一次想起了季冬。也许是许久没有与别人同房，季夏忽然间觉得这个房间有了生气。忙前忙后的许多月，就好像当初忙前忙后的她，叫她怀念起姐妹俩同住一屋的那些时日。

远去的，大概永远都不会再回来了。

季夏走上前，帮许多月将枕头塞进枕套里：“等下我和小糯要去公司，你今天有什么安排吗？要一起去公司吗？”

许多月把衣服放进衣柜里："我也要回公司，Heinz哥说我得去见一见专辑的负责人。"

"那就一起走吧。"季夏拍了拍套好的枕头，"对了，河寅哥没有给你分配助理吗？"

"他说在安排了。"许多月抿唇做思考状，"听他的意思，好像是想从公关部的职员里挑一个。"

这时房外传来了脚步声，两个人循声望去，小糯站在卧室门口，抬起手正准备敲门。

"季夏，"见两个人看到了她，小糯收起手，"聂医生过来了。"

"他又来做什么？"季夏立刻皱起眉头，语气瞬间变得不耐烦。

"他说杯子蛋糕做多了，送过来给我们吃。"小糯抿了抿嘴，解释道，"是我看到他的手背上红了一大片，问起他，他说做蛋糕时不小心烫到的。我这才让他坐一会儿，因为我记得你房间里好像有一管烫伤膏，是上次Heinz哥去泰国时买的，所以想找你拿给他涂一下。"

听小糯这么说，季夏当即又责备起自己的态度，连忙去抽屉翻出烫伤膏给小糯。

小糯离开后，一直沉默的许多月凑到季夏身旁，拉了拉她的手臂，关心地问："你没事吧？"

季夏摇摇头，回头给了她一个浅笑。

"我不是想八卦，只是想关心一下你。"许多月语气温柔，"我进HN公司之前就知道你，我很佩服你，也很喜欢你，每次看到你在舞台上唱歌，就觉得你好像会发光一样。我知道你在和辜遇恋爱，也很羡慕你们。我可能不大会说话，但是我觉得那个聂医生好像有点儿太主动了，听说他在媒体前对你公开告白，你却至今没有在媒体前表态。这样大家会很疑惑啊，会怀疑你和辜遇之间是不是结束了，还有你和那个医生之间是不是有其他关系……"

"你也是这么觉得？"季夏抬眼看许多月，"你也觉得我和聂医生……"

"我当然是相信你的，只是……"许多月立即表明态度，"只是有个成语叫作'三人成虎'，还有个成语叫作'人言可畏'。虽然我没接触过辜遇，不知道你们怎么相处的，但昨天小糯说起辜遇时你都没接话，你们是不是出什么问题了……"

被说中了事实，季夏微张着嘴巴，半晌说不出话来。

许多月又说："明明那个聂医生都这么张狂了，你和辜遇却还在闹矛盾……"

季夏咬了咬唇："我们没有闹矛盾，只是我的手机被河寅哥缴了，他不希望我在这个时候在媒体前乱说话，也希望我能专注于接下来的综艺，当然我自己也很想专心练习歌舞。多月，你应该能明白我的心情吧，我需要被认可。”

“唱歌是很重要，可是对你来说，辜遇也应该很重要吧？”许多月劝她，“就算你的手机被缴了，你也可以联系他啊！小糯不是有手机吗？除非辜遇对你来说不重要。”

“不是的，他很重要，跟唱歌一样重要……”

“喏，你不介意的话，也可以用我的手机与辜遇联系。”说着，许多月把自己的手机递给了季夏。

05

手机的拨号界面上，十一个数字紧紧挨在一起，等待着季夏的亲昵。

那是辜遇的手机号码，季夏早已铭记于心，她犹豫了半天，刚要拨通电话，卧室外响起小糯的一声尖叫。

季夏奇怪地走到卧室门口，朝客厅里的小糯看去，聂西闻已经离开了，她蹙眉问道："发生了什么？"

小糯正捂住嘴巴，一副不敢置信的吃惊模样，她的目光不敢对上季夏，回答得结结巴巴："沈……沈思滢上热搜了……"

"她怎么了？"

小糯走过去，冲季夏递上手机："微博上有人爆料，称沈思滢昨天晚上自残了，还拍到了她进医院急诊室的照片。据说她是吃了违禁药物，导致精神涣散才自残的。"

季夏接过手机，眉头紧蹙，只见照片中的沈思滢脸色惨白，双目无神，手腕上有一道很深的伤口。

爆料微博下的留言全是各种揣测与谣言。

许多人信了"违禁药物"的说法，用尖酸刻薄的口吻苛责沈思滢，指责她辜负了粉丝的厚望，说她把个人大提琴巡回演奏会无限期延后是因为她依赖"违禁药物"，导致再也无法弹奏大提琴。

那些不堪入目的议论，仿佛势要将沈思滢推进地狱里似的。

偶尔有几个信任沈思滢为人的粉丝为其抱不平，却只收获了满屏的谩骂与讥讽。

熊熊烈火好似在眼睛里燃烧，季夏越看越气愤恼怒，她紧咬着嘴唇，手指用力地在手机屏幕上点击。

小糯眼疾手快地夺回了自己的手机，悻悻地说："季夏，你别乱回复，我可不想我的账号被留言轰炸啊！"

小糯说完，怕被季夏责怪，赶紧找借口回了卧室。

见小糯的身影消失在卧室门口，季夏长叹了一声。

她没有责怪小糯，反倒是冷静下来，想起先前去医院探望沈思滢时她说过的那些话，心中越发不安，不由自主地怀疑是不是自己说得太过分了，导致沈思滢一蹶不振，才会做了自残的傻事。

越想越自责，季夏再度拿起许多月的手机，删除了辜遇的号码，从包里翻出记录着游溪手机号码的纸条，拨打了出去。

电话接通的那一秒，季夏不等游溪说话，抢先一步开口：“我是季夏，我找思滢。”

游溪立刻皱紧了眉头。

在季夏看不到的病房里，游溪望了熟睡在病床上的沈思滢一眼，蹑手蹑脚地走出了病房。

电话那端沉默了五秒，接着响起游溪愤恨的声音：“你居然还有胆子找思滢？是要对思滢冷嘲热讽吗？你对她的伤害还不够吗？”

游溪的脑海里不停反复着沈思滢方才哭喊的声音，她质问他为什么要救她。

当时沈思滢双眼通红地大喊：“我死了，阿遇或许会为我难过，我就不会再比不上季夏了，他会永远记得我，季夏又算得了什么！”

念及此，游溪将一切的错全归咎于季夏，他咬牙切齿地说：“季夏，我告诉你，我游溪跟你没完！若不是你，思滢不会想不开，更不用承受那些莫须有的谩骂和诋毁！是你害了她！”说完，他猛地挂断了电话。

沈思的抑郁症病情一直在加重，所以才会决定无期限推迟个人巡回演奏会。在沈思滢自残之后，他从她口中得知，她曾用医院里的公共电话给辜遇打过电话，但得到的只是辜遇的责怪。

游溪认定，如果不是季夏，辜遇不会这么对待沈思滢。

他手紧握成拳，眸子里恨意冰冷，想起一年前那场精心策划的“事故”，他心里很是懊悔。如果不是他让聂西闻救下季夏，沈思滢现在就不用靠自残试图挽回辜遇了。

他对空气呢喃着：“思滢，该消失的，不是你。”

看着被挂断了的手机，季夏沉默着。

她知道，一如游溪所言，是她在沈思滢生病之后还在伤口上撒盐，沈思滢如今变成这样，与她脱不了干系。

她没有资格关心沈思滢，而沈思滢现在最需要的人是辜遇。

如此念想着，她拨通了辜遇的电话。

“喂？”

“喂，辜遇，我是季夏。”

简短的对白落罢，两个人同时沉默了。

幸遇在等待季夏的下一句话，他以为季夏是为了昨日的不欢而散来道歉的，虽然他没有责怪过季夏。

偏偏，季夏一开口就击毁了他所有的期待。

“沈思滢的事你知道了吗？我没办法联系上她。幸遇，你现在去找她吧，你是唯一能帮到她的人。”

闻言，幸遇不悦地皱紧了眉头，质问道：“季夏，你就这么想让我和沈思滢在一起吗？”

听出了幸遇口气中的愠怒，季夏也蹙眉反问：“思滢是我们的朋友，更是你青梅竹马多年的妹妹，帮她不是应该的吗？”

“自杀的戏码她又不是没演过！”

“幸遇，你怎么能这么说？你这样太过分了！”

季夏气急败坏地挂断了电话，一直在旁默不作声的许多月眼里闪过一丝异样，她悻悻地凑上前。

“怎么了？”

“幸遇真的太过分了，居然这么说思滢！明明……”季夏生气地将手机递给许多月，话说一半，不肯再说了。

许多月没有再多问什么，只是安抚地拍了拍季夏的肩膀。

带着一腔的愤怒，季夏转身进了洗手间。

她不知道，在她走开之后，许多月把幸遇的手机号码存进了手机里。

06

那天因为沈思滢不欢而散，季夏之后便再也没联系辜遇，而辜遇也没有主动联系过她。

这天晚上，为了赶第二天在C市的节目录制，季夏与许多月、小糯一起到机场，准备搭乘当晚十一点的飞机离开。

保姆车开到飞机场外面的停车场时，小糯贴心地提醒道："我们到了，你们两个都把口罩戴上吧。季夏的绯闻还没有消停，不知道会不会有记者埋伏，现在明星的航班信息可容易查了。"

此时的季夏怎么也没有想到，埋伏在机场内的，除了记者，还有一场未知的恶作剧。

得到消息的记者们早早等在了安检入口附近。当季夏与许多月、小糯正要排队安检时，记者们从四面蜂拥而来，将三个女生团团围住。

聒噪的空气中，那些问题一点儿都不陌生，全部围绕着辜遇、聂西闻与季夏的感情纠葛。

季夏默不作声，手紧紧地拉着行李箱，身边的小糯与许多月则站在身旁尽量护着她。

一直到机场的安保们过来，将记者们隔开，护送着三个女生走进安检口，她们才得以脱困。

许多月第一次见这样的阵势，猛喘一口气："这么晚了，记者们怎么还这么生龙活虎的，可吓死我了！"

小糯也感叹道："我就说现在明星的航班信息可容易查了，但没想到来的记者会这么多。"

季夏没有接话，失神的样子仿若没有听见两人的对话。

她脑子里还在盘旋着记者们的盘问，心中不禁被惆怅笼罩。

将季夏的失神看在眼里，许多月看了一眼时间，随即亲昵地挽住了她的手，半是央求地邀请她："我想去洗手间。季夏，一会儿安检完，你陪我一起去好不好？我一个人有点儿怕。"

闻言，季夏抬起头，只见许多月双手合十挡住了半张脸，眨巴着眼睛，做出"拜托"的手势。

浅浅一笑，季夏将心上的烦恼草草收起，点了点头，安检过后，便与许多月手挽手去了卫生间。

此时卫生间里没人，非常安静，鞋跟落地的脚步声在空荡的室内回响。

忽然“啪嗒”一声，灯火通明的卫生间一下子陷入了黑暗。

“啊——”许多月尖叫起来，双手紧紧攥住季夏的胳膊，“不会是有……那个吧？”

“别……别胡说，我们可是无神论信仰者……”

季夏强作镇定的话还没说完，一阵“哗啦啦”的冲水声打断了她，灯猛地亮了。

一个穿运动服的短发女生从卫生间最靠里的隔间走出来，鄙夷地打量了两个人一番：“有什么好怕的，不就是跳闸了吗，怕是亏心事做多了。”

短发女生走后，许多月朝季夏摊了摊手，做了一个无言以对的表情。

“我们先上洗手间吧，早点儿解决早点儿出去。”许多月心有余悸。

“嗯。”季夏点点头后，两个人各自进了隔间。

然而季夏万万没想到，等她上完厕所要出来时，隔间的门竟然打不开了。

她慌张地叫了起来：“多月，你在外面吗？多月，我的门打不开了，你能不能帮我从外面开一下？”

听见呼唤，许多月立刻回应：“我在呢，你等等，我冲个水就过去。”

许多月的话落罢，卫生间里响起了“哗啦啦”的冲水声，然后是门把转动的声音，接着她重重拍起了木板门。

“啪！”

“啪，啪！”

“啪，啪，啪！”

一下又一下，越来越慌张快速。

许多月惊慌失措地喊了起来：“季夏，我的门也打不开了，怎么办？我好怕！”

虽然季夏心里也很慌张，但为了安抚许多月，她只能强作镇定：“没事的，没事的，是门锁坏了，一会儿有人上厕所就会发现我们被困的。”

她的话音刚落，“啪嗒”一声，卫生间再度陷入了黑暗。

“啊——”

两个人同时尖叫起来，紧接着，更剧烈的拍门声回荡在黑暗里。

一道阴森冰冷的声音也跟着回荡。

“季夏……季夏……”

那并不是许多月的声音。

许多月显然也听见了，两个人几乎同时停下了拍门的动作，瞬间，那道声音好似被放大了无数倍。

“季夏，是我呀。

“我是陆星橙，你忘了我的声音了吗？

“是你害死我的，是你拿走了我的声音的，你怎么能够忘记呢……”

第八章

笔尖的想念你可听得见

01

晚上，季夏梦见了陆星橙。

梦里，陆星橙披头散发，掐着她的脖子，她尖叫着从睡梦中挣扎醒来，映入眼眸的只有暗黑。梦中的一幕还残留在脑子里，她慌慌张张地坐起身来，捂住胸口，大口大口地喘着粗气。

同房另一张床的许多月被季夏的喊声惊醒了，她扭头看向黑暗中季夏的背影，问："季夏，你怎么了？"

季夏张开嘴巴，想要说话，却像哑了一样，一个字都说不出来。猛地想起梦里陆星橙狰狞地笑着说"我要你也失去声音"的模样，季夏双手用力地抓住胸前的睡衣，尖叫起来："啊——"

"季夏，你到底怎么了？"许多月本来睡得迷糊，这下彻底清醒了，她连忙起身开灯，半跪着坐到季夏身旁，双手揽住季夏。

她感觉到季夏全身都在发抖。

不知道是昏黄的灯光充盈着房间驱逐了恐惧，还是许多月怀里的温暖驱走了寒气，季夏的心稍稍安定了一点儿。

"我……我没事……"季夏连连深呼吸，试图冷静下来，确定自己并没有失去声音后，惊惧的心也暗自松了一口气。

"是做噩梦了吗？"许多月很快倒来了一杯温水，递给季夏。

"嗯。"季夏接过杯子，仰起头灌了一大口，丝毫没有瞧见许多月落在她脸上的异样目光。

"是……"许多月抿了抿唇，半晌终于问出来，"是因为陆星橙？"

季夏知道，许多月之所以会猜陆星橙，是因为几个小时前的那场在卫生间里发生的恶作剧。

几个小时前，季夏与许多月被人反锁在机场候机大厅的卫生间里，一个穿着运动服的短发女生假装陆星橙恐吓季夏。幸运的是，最后小糯带着保安赶过来，救出她们，抓住了那名自称是陆星橙粉丝的女生。

"我之前看到过网上的一些报道和几个营销号的微博。我对你和陆星橙之间的真实情况不了解，她的确挺可怜的。不过季夏，如果你对她问心无愧，用不着害怕的。"

许多月的话，叫季夏霎时想起了那个短发女生说的话——"有什么好怕的，不就是跳闸了吗，怕是亏心事做多了。”

像是在回答那个短发女生，季夏咬了咬唇，坚定地说：“我没有害怕，我也不需要害怕。因为并不是我害死她的，我也很同情她，我……”

话讲到这里，季夏忽然沉默了。

她猛地想起了季冬，想起了那碗由她亲手送给陆星橙的糖水，“问心无愧”四个字终究没有办法从她的嘴里理直气壮地说出来。

“我相信你。”许多月打破了沉默，声音里带着无比的信任和笃定。

季夏吃惊地抬起头来，按理来说，不知真相的外人，倘若看到过那些新闻报道，多少会觉得她脱不了干系吧，许多月却如此信任她。吃惊过后，一股温暖涌上了心头。身在娱乐圈里已有时日，季夏知道，朋友的真心信任是多么珍贵。

“多月，我……”季夏感动得想要说什么，许多月微笑着揽住她的肩膀，将她按回床上，体贴地帮她盖上被子：“好好睡一觉，醒来还要录节目呢。”

说完，许多月关了灯，没有回到自己的床，而是挨着季夏的肩膀睡下了。

黑暗中，季夏可以清晰地听到许多月的呼吸，她翻过身，背对着许多月闭上了眼睛。

有了许多月在身旁，让她感觉没有那么无助和害怕了。

此时的季夏未承料到，机场卫生间的那场恶作剧只是一个开始。

综艺节目《向前冲吧，大明星》录制的时间是在上午十点，由于要提前至少两个小时去电视台做准备，因此季夏与许多月睡下没多久，小糯便过来敲门叫她们起床了。

到达电视台后，季夏与许多月见了节目制作人，随之又被介绍给导演、主持人以及其他嘉宾，一阵寒暄过后，两个人与小糯随着工作人员去化妆间做化妆和着装准备，拍摄完相关的宣传海报，再随车去附近的大学城，开始正式的录制工作。

节目录制的过程很顺利，一直到休息放饭的时候，季夏忽然收到了来自粉丝的一份“大礼”。

得知节目在大学城里录制，从节目录制开始，有很多热情的学生一直在旁边围观等待着，终于到了节目组休息的时间，他们立马借机围住了季夏，有人献上鲜花和礼物，有人拿着纸笔请求签名。

季夏扬着笑脸，好脾气地接过递来的纸笔，认真地签下自己的名字，回应着学生们的告白和鼓励。

很快午饭时间就要过去了，小糯连忙带着保安上前，隔开了季夏与粉丝，礼貌地说：“谢谢大家，季夏还没有吃饭呢，留点儿时间给她吃饭好吗？谢谢大家对季夏的支持和厚爱！”

粉丝们很知趣地离开了，一个男生不死心地抬起一只手，手里拿着一个包装精致的礼物盒：“季夏，季夏！请收这个礼物，我女朋友是你的忠实粉丝，她今天没空过来，要我一定要把礼物转交给你。拜托了！”

季夏注意到了这个男生，她示意小糯收下了礼物：“代我谢谢你女朋友的喜爱。”

回到保姆车上，季夏开始吃已经快要凉掉的午饭。许多月正坐在车里，她刚吃完饭，看到小糯抱着一大堆礼物放到了保姆车的后排座上，好奇地转过身去看。

“这份礼物包装得好精致哦。”许多月拿起一个礼物盒，感叹道。

季夏看了一眼，说：“刚才一个男生代他女朋友送的。”

“我能帮你拆开吗？”许多月朝季夏投去了恳求的目光，“我都没粉丝送礼物，想知道拆粉丝礼物的心情。”

季夏大方地点点头：“那麻烦你了，我也想知道是什么。”

许多月一边笑着拆礼物，一边念道着：“季夏你说以后我会有这么多粉丝吗？也围着我，送我礼物——啊——”

“啪嗒——”

正说着，许多月猛地发出一声尖叫，面露惊恐地把礼物丢在了地上。

“棺……棺……”许多月的声音哆哆嗦嗦的，“是棺材，血淋淋的……好可怕！”

只见地上躺着一个手掌大小的黑色棺材，棺材旁是一个被泼满红色颜料的洋娃娃，洋娃娃身下还散着几张季夏的照片，每张照片都用红色的油性笔写着一句话——

“你欠陆星橙的，迟早是要还的。”

小糯最先反应过来，她连忙从保姆车的副驾驶座上下来，打开中排座的车门，上了车，强压下心中的恐惧，将地上的恶作剧礼物一把丢进塑料袋里，快速地下车扔进了附近的垃圾桶里。

“季夏，没事了。”回到季夏身边，小糯轻抚着她的后背。

“嗯……”季夏仍然心有余悸。

“对不起，都是我，要不是我要拆礼物就不会……”许多月一脸自责地道歉。

“不关你事，不是你帮我拆礼物，也会是我自己拆的。”

为了不让小糯和许多月担心，季夏强装着镇定。

这一刻，她对辜遇的思念越发浓重。

她多么希望辜遇就在身旁，只有辜遇才能安慰她那颗不安的心。

02

录制一直到晚上十点多才结束。

季夏刚回到酒店，聂西闻就给小糯打来了电话，小糯将手机递给她，她想也不想地挂断了电话。虽然她很抱歉这样对待聂西闻，但她知道，如果继续纠缠不清，对他们三个人谁都没有好处。

然而还没等季夏把手机还给小糯，小糯的手机再一次地响起。以为还是聂西闻，她刚要摁掉电话，忽然看到来电号码的备注名字是辜遇。

她猛地愣住了。

她不可思议地盯着屏幕看了两秒，确认自己没眼花之后，连忙接通了电话。

辜遇熟悉的嗓音透过电磁波漫入了她的耳朵里："季夏，你还好吗？我听说你今天被吓到了。"

他的语气里只有关怀，仿佛两个人之间从未有过不愉快。

他没有刻意地说起，他的"听说"来自许多月的"告密"。那天他与季夏因为沈思滢闹得不欢而散之后，许多月便时不时给他发短信，内容全都与季夏有关。许多月像一个贴心的守护者，将季夏当日的心情，与聂西闻之间的种种小事，统统汇报给了辜遇。

以为辜遇是看到了网上的消息，季夏本来想要说没关系，但一张口，声音就泄露了心里的情绪。

"我……"她发出了一声哽咽。

辜遇立马听出了不对，焦急地安慰道："别怕，我已经订了机票，你等我……"

季夏急忙地打断了辜遇："我没事，你不用过来，我明天就回去了。节目组安保工作做得挺好的，而且这里有小糯和多月，我不会有事的。"

话落，两个人同时陷入了沉默。

季夏是在逞强，而辜遇是内疚，在季夏最需要他的时刻，他却偏偏不在她的身边，无法保护她。

上次也是如此。

所以才让聂西闻钻了空子，当着媒体的面，对季夏公开告白。

越想越在意，辜遇恨不得立刻就飞到季夏的身边。

"可是我很担心你，我想要陪在你身边。"

辜遇突如其来的告白宛若闷热夏夜的一缕凉风，季夏心里的恐惧与阴霾一下子没了踪影。

嘴角情不自禁地朝上扬起，季夏侧过头，无意中从玻璃窗上看见自己脸上那一抹娇羞的浅笑。

“那天在公司，我不该怀疑你的。”辜遇老老实实地认了错，其实那日与季夏分开之后，他就后悔了。

季夏无所谓地笑了笑：“我也有不对，就算我的手机被缴了，我也应该想办法联系你的；就算我想要专心练习，我也应该提前告知你一声的。是我不懂得该怎么做一个合格的女朋友。”

“不，你很合格。”辜遇也笑了，哄着她说，“你何止合格，你是世界上最优秀的女孩子，最厉害的季夏。”

“扑哧！”季夏笑出声来。

即便相隔很远，彼此也能够感觉到对方的心意。只是在这样的时刻，对于辜遇而言，没能亲眼看到季夏的笑脸，没能陪在她身边，仍然是一件心有芥蒂的事情。而之于季夏，在这一刻她是知足的。

气氛正是融洽，许多月忽地拍了一下季夏的肩膀，说：“季夏，我关了大灯，先睡了哦。给你留了个床头灯，你别太晚睡觉了。”

许多月的声音不大不小，正好清晰地落进了辜遇的耳朵里。

季夏朝许多月点头微笑，还未来得及说话，转瞬就听见辜遇在说：“那你早点儿睡觉吧。”

“我不想睡。”季夏蹙起眉，她还想再跟辜遇多聊一会儿天，声音里带上了撒娇的口气。

“怕做噩梦吗？”想起许多月短信里的内容，辜遇心下叹了一口气，他忽然想到了什么，问道，“要不我唱歌给你听？”

“好啊。”季夏立刻点了点头，满是期待。

两秒后，辜遇缓缓唱了起来：

“窗外的麻雀在电线杆上多嘴，

你说这一句很有夏天的感觉。

手中的铅笔在纸上来来回回，

我用几行字形容你是我的谁……”

是周杰伦的《七里香》，季夏莞尔，嘴角的笑既惊讶又满足。

她一边捧着手机听着，一边拉上房间的窗帘，躺到床上关掉了床头灯，房间瞬间被黑暗笼罩。辜遇的歌声在耳边回荡，她一点儿也不怕。她钻进被子里，背对着许多月睡下，耳朵半压住手机，听得入迷。

她一直没有说话，而辜遇一直唱着歌。不知道过了多久，季夏的意识开始模糊了，耳边的声音在渐渐远去，但昏昏欲睡的她很清楚，辜遇还在，他永远都不会离开她。她是这般笃定，以至于睡着时脸上都还带着笑意。

睡着的她不知道，当辜遇唱完第七遍《七里香》，轻轻地对她说了一句话——

“季夏，其实我很害怕失去你。”

03

早上七点钟，闹钟准时响起，季夏一只手揉着惺忪的睡眼，一只手从被子里伸出来。循着铃声在枕头附近摸索了一会儿，终于从枕头与床头板的缝隙里摸到了手机，关掉了闹铃。

许多月已经醒来，坐在床上，正打着哈欠。

仿佛被传染了一样，季夏也忍不住打起了哈欠，一边含糊着声音朝许多月道："早上好。"

"早上好，"许多月转过头来，笑着回了声招呼，"你心情好像不错呢。"

"因为睡得很好啊。"有辜遇唱歌哄她睡觉，季夏一整夜都没有再做噩梦，心情自然舒畅。

"是因为你的辜遇吧？我昨晚迷迷糊糊中，听见手机听筒里传来的歌声，挺好听的。"许多月做出一副了然暧昧的表情，不等季夏回复，径自掀开被子起身，"我先去刷牙洗脸了。"

进了卫生间后，许多月对着镜子哈欠连连。

镜子里的她黑眼圈浅现，眉眼间尽是倦色。昨夜季夏是早早睡了，可听着辜遇唱完了七遍《七里香》的她却一整夜都没睡着。不知怎的，她总有种错觉辜遇是在她的耳边，特意唱给她听的。

"秋刀鱼的滋味，猫跟你都想了解……"

想起辜遇，许多月的嘴巴不自觉地哼唱起来，不过一秒，她立马反应过来，双手捂住了嘴巴。

你搞什么呢，许多月？

她瞪着镜子里的自己，心下呵斥着。

一定是辜遇的歌唱得太好听，她才会胡思乱想。

等两个人先后洗漱完毕，换上了休闲装，房间的门铃正好响起。

以为是小糯，季夏紧步走到门口，打开门的瞬间，她愣在了原地，一双眼睛睁得圆鼓鼓的，填满了不可思议。

门外的辜遇浅浅地笑着，看着她的眼神温柔极了。

虽然他在电话里说过已经订好了机票，可是眼前的这一幕，对季夏来说，仍然有一百分的惊喜。

辜遇伸手将季夏揽入怀里。

“我真的很想你。”他低着头在季夏耳边轻语。

“你吓死我了。”季夏抬手回以拥抱。

小别重逢，两个人正甜蜜着，全然忘了房内的许多月。

“喀喀！”许多月半捂住嘴巴，佯作咳嗽。

听到咳嗽声，相拥着的两个人立马分开了，季夏往后退了一步，尴尬地朝屋内的许多月看去。

见此，许多月笑得开怀，故意揶揄季夏：“不再多抱一会儿吗？”

季夏脸涨得通红，嗔怒地朝她瞪了一眼。

玩笑过后，许多月正经起来，向辜遇自我介绍：“你好，我是许多月，是季夏的同门师妹。”

“你好，我就是辜遇。”辜遇大方地走向许多月，伸过手去，“这几天多亏你照顾季夏了。”

这是许多月与辜遇的第一次见面，眼前的辜遇温柔绅士，与许多月想象中的毫无落差。

“辜遇？”房门外，传来小糯一声惊诧的喊声，她“噔噔噔”地小跑进房间里，“我的天哪，真的是你哦！辜遇，你怎么过来了？晚上我们就回去了啊。”

她表情夸张地说：“你这么跑过来，要是让Heinz哥知道了，肯定饶不了你。”

“他管不了我。”辜遇依然笑着，语气却有些傲慢。

与此同时，他们还不知道，聂西闻同样追到了C市，而且有了新的身份。

与辜遇直奔酒店不同，聂西闻一下飞机，便来到了节目的录制现场。

等季夏他们一行人到达节目录制地点后，工作人员告诉他们，季夏的经纪人一早就过来与导演谈话了。

小糯顿时抱着脑袋，一脸愁苦地碎碎念：“怎么办？怎么办？怎么办？说曹操，曹操就到，没想到Heinz哥直接来现场了！等下他见到辜遇，肯定会很生气的！”

朴河寅一而再地嘱咐过小糯，让她紧盯季夏，不要让季夏和辜遇联系。

季夏体贴地安慰道：“没事的，河寅哥要骂也不是骂你。”

辜遇笑着附和：“是啊，要骂也是骂我。”

小糯连连叹气，随后转头向辜遇投去期盼的目光：“要不你先躲起来？或者，你先回酒店？”

她说得那么诚恳，辜遇偏偏没有要成全的意思，就在他准备开口拒绝时，聂西闻的呼唤忽地横插了进来。

“季夏——”

听见这道声音，辜遇立刻警惕起来，他皱紧眉头，猛地转头看向不远处。

聂西闻正踏着早上明媚的阳光，朝他们一步步走近。他脸上的笑很张扬，一点儿也不比这早晨的阳光逊色半分。

几乎是下意识地，辜遇牵住了身旁季夏的手，脚往前踏了半步，似乎是要将季夏挡在自己的身后，但又刻意不那么明显。

聂西闻一眼便知，辜遇是在宣示自己的主权。

了然了辜遇的意图，聂西闻挑了挑眉，笑得越加灿烂，像在做出回应。

等站在众人面前，他看也不看辜遇一眼，目光只专注在季夏身上：“我和导演谈好了，今天绝对不会有人能伪装成粉丝来伤害你。”

季夏蹙眉问：“你怎么也过来了？”

带着质问的口吻，一如聂西闻的料想，但他依然笑着，看似没有半分介意。随后，他的目光转落到辜遇的脸上，嘴角的笑变得冷傲又嚣张。

他说：“从今天开始，我是你的经纪人。”

这个“你”，指的是季夏。

04

以对聂西闻的了解，季夏知道他这句话不是戏言，更不是谎言。

在气氛窘迫的当下，她没有直接质问聂西闻，而是拨通了朴河寅的电话：“为什么聂医生变成了我的经纪人？”

她心里有一千万个不愿意，无关聂西闻的能力，只关乎辜遇的感受。

听季夏说话的口气是在强压着愠怒，朴河寅颇为无奈地解释：“季夏，这是公司的决定，是社长亲自调动的，我也没权过问。其实西闻挺好的，他迟早要继承HN，社长让他体验一下经纪人的工作，提前为继承公司打基础，也是无可厚非，因为这对他和公司都是一桩好事。”

“可公司应该知道，我和他还在传着绯闻，这样只会让我和他之间的关系在众人眼里更加扑朔迷离，这对聂医生、对辜遇、对我都不是一件好事。”

面对季夏的说辞，朴河寅却有另一番意见：“有危才有机，站在公司的角度而言，你和西闻之间的绯闻不是危机，而是机遇。季夏，解释的话我也不多说，目前的人员调动是社长亲自安排的，你可以去找社长理论，但这一点儿实际意义都没有。还有，如果西闻做了你的经纪人，对你和辜遇的感情是一种威胁，那么你们就要认真反省一下，你们彼此爱得够不够。因为不够才会担心。”

说完，朴河寅兀自挂断了电话。

季夏不知道，由聂西闻担任季夏经纪人的这件事，其实是出自于朴河寅的灵光一闪，他把这主意献给聂西闻的同时，也献给了聂西闻的父亲金镇秀。他深谙对于聂西闻而言，担任季夏的经纪人是目前唯一能够亲近季夏的途径，而对于金镇秀来说，把聂西闻放进公司里，又是改善父子关系的最佳决定。

季夏当着聂西闻的面打的这一通电话，令现场的气氛十分微妙，每个人都各怀心事地静默着，谁也没有打破这个僵局，直至助理导演过来喊他们：“季夏、许多月，该化妆换衣服了，一个小时后开始录制节目。”

季夏与许多月对助导点了点头，异口同声地应道：“好的。”

随后，一行人迈步正要随助理导演往化妆室去时，聂西闻突然拦住了辜遇：“闲杂人等请回避。”

聂西闻的话很冷，也很嚣张。

若是从前的聂西闻，绝对不会说这样的话，季夏反感起他来，与辜遇十指相扣的手故意抓得更紧了些，另一只空着的手也不甘示弱地搭在辜遇的手臂上，十分亲昵：

“他是我的男朋友，不是什么闲杂人等。”

辜遇直视着聂西闻：“我信不过你们的安保工作，除了我，没有人可以护她周全。”

豪言壮语落毕，辜遇牵着季夏绕过聂西闻，将他抛在身后。

然而事实证明，话不能说得太满，当季夏一路顺利地录制完节目后，在离开录制现场时，她遭遇了意料之外的危险。

时值夕阳西下的黄昏，季夏刚要上保姆车，走在她身后的许多月兀地一声惊叹：“啊！怎么会有只猫咪？”

季夏回过头，只见许多月已经快步小跑到路边，正半蹲在地上，手摸着一只小花猫的脑袋，笑得温柔又阳光，她问小花猫：“你怎么脏脏的呀？是被抛弃了吗？”

听得出来，许多月的语气中既有怜爱也有担忧。

目光从许多月身上悄然移到那只小花猫身上，季夏的目光不自觉地一暗，脑子里迅速晃过某一幅画面，那是季冬抱着猫咪玩耍时的开心模样。眼前许多月抚摸的这只小花猫，像极了季冬小时候因为季夏而放弃饲养的那只猫咪。

不由自主地，向来对猫毛过敏的季夏将踏进车里的那只脚退了回来，转身朝许多月走去。

空气中传来了两声羸弱的猫叫声：“喵……喵……”

可怜孱弱的叫声，令人忍不住动起恻隐之心。

辜遇阻拦季夏道：“季夏，你别过去，你对猫毛过……”

“啊——”

“啊——”

辜遇的话还未说完，季夏意外与许多月撞了个满怀，两个人异口同声地叫了起来。

本来许多月抱猫起身，是想去找季夏征求领养意见，不料季夏已经走了过来。

下一秒，季夏捂着脸疯狂打起了喷嚏：“阿嚏阿嚏！阿嚏！”

许多月对季夏对猫毛过敏的事毫不知情，她微蹙着眉，抱着猫咪凑上前，语气里满是关心：“季夏，你没事吧？”

“阿嚏！阿嚏！”季夏一只手捂住口鼻，腾出另一只手对许多月摆了摆，“没……阿嚏！我没……阿嚏！没事……阿嚏！”

“她对猫毛过敏。”辜遇示意许多月赶紧把小花猫抱远点儿。

“啊？”许多月恍然大悟，身子连忙往后退了两步，“对不起，对不起！”

不远处传来了摩托车马达的“轰轰”声，所有人都被这震耳欲聋的“轰轰” 声吓到，摩托车主人是一个一身黑色皮衣打扮的男生，他毫不留情地开着摩托车对着季夏直冲过去。

辜遇立马反应过来，脸色慌张地朝季夏大喊："小心！"

辜遇与聂西闻同时跑向了季夏，距离的缩短只是片刻之间，就在两个人距季夏只有一米的时候，谁都没想到许多月竟抢在他们之前，不顾自己安危，跨步往前，奋力一推，把季夏推进了辜遇的怀里。

下一秒，摩托车与许多月擦肩而过，车身重重撞过她的左手臂与左脚，许多月一下子摔倒在地上。她的脚被卷入车轮里，被快速行驶的摩托车拖拽着往前，纤瘦的身子在水泥地上连滚了几圈，直至脚被甩出车轮外。

"多月！"季夏与小糯一同尖叫起来。

四个人冲到许多月的身边，季夏率先伸出手将许多月抱入怀里。

许多月疼得意识模糊，她冲季夏露出一个安抚的笑容，嘴巴微张，刚要说些什么，就疼得昏了过去。

"多月！多月！"季夏声音都在发颤，"辜遇，快叫司机开车过来，送多月去医院！"

一行人以最快速度来到医院后，医生对许多月进行了详细检查和紧急手术，随后脱离了危险的她被送到普通病房休息。

好在许多月的伤势并没有危及生命，脚没有骨折，伤口缝合了几针，只需要平时注意休养即可。季夏守在沉睡着的许多月的床边，回忆起方才的那一幕，心里又感动又难过。

她忽然想起了沈思滢。

与沈思滢初识的时候，她和沈思滢、辜遇一起在餐馆里吃饭，旁桌的两个男人起了争执，掀翻了桌子，桌子上的东西直直朝他们飞了过来，沈思滢和辜遇想也不想地护住了她。

那时候，他们还不是朋友，可沈思滢却在第一时间奋不顾身地护她，让她感到了久违的温暖。

明明好像才是昨天的事情，如今却已物是人非。

好像老天爷在告诉她，她不配拥有这样珍贵的友谊似的。

一个深呼吸落罢，季夏摒去心中的胡思乱想，目光垂落在许多月的脸上。

许多月和当时的沈思滢待她多像啊，她能守护好这份"沉重"的友谊吗？

许久，昏睡了几个钟头的许多月终于醒来，紧悬在季夏心头上的大石也终于落了地。

许多月一看见她，便露出微笑，就要坐起身来。她一不小心碰到了伤口，眉心霎时皱起，嘴里发出“嘶”的一声。

季夏连忙扶着她坐好，把枕头竖起垫在她的后背，关切地问：“你怎么样？有没有觉得哪里疼，哪里不舒服？”

许多月摇摇头，淡淡一笑：“我没事。”

虽然许多月说没事，但季夏于心不安，她语气诚恳地道歉：“对不起，如果不是因为救我，你就不会受伤。”

“哎呀，又不是你故意害我受伤的，我看着你有危险，难道不管你吗？我们可是好朋友啊！”许多月义正词严地说，随后她抬起右手，做了一个“强壮”的动作，“你看，我体质这么好，这点儿小伤很快就好的。”

“下次不许这样了，你受伤了，我更不好受。”知道许多月是想哄她，季夏给面子地笑了笑，却一点儿也没有开心的意思。

“好啦好啦，”许多月点头，顿了顿又说，“下次还会这样，谁让你是我最好的朋友呢！”

“你也是我最好的朋友。”季夏郑重地回道，“但是，下不为例，我怕我没什么可以回报你的。”

就像沈思滢。

05

因为许多月受伤，季夏等人便在C市多逗留了一天。

晚上，对许多月怀抱歉意的季夏自告奋勇，留在病房里照顾许多月。

早早关了灯之后，两个女生在黑暗中互道了晚安，没过多久，季夏的手机“嘀嘀”地响了起来，在夜间寂静的病房里很是突兀。生怕吵到许多月，睡在沙发上的季夏连忙从毯子下摸出手机，第一时间将手机调成静音，随后，才查看起短信的内容。

短短的“晚安”两个字，是辜遇在这夏夜里的惦记。

季夏并不知道，辜遇一直没有离开，他站在医院的草坪上，抬起头正好可以看见许多月所在的病房窗户。他担心季夏，但知道季夏不想让他担心，所以偷偷留了下来，守护着季夏。

看着手机屏幕上毫无温度的两个字，季夏却如沐春风，嘴角往上悄悄勾起，笑容里尽是幸福。她没发现，躺在病床上的许多月正凝视着她。

想了又想，始终想不到更好的回复，最终季夏只回了两个字——

晚安。

一模一样的惦记，连句号都丝毫不差，却半分也没泄露她的欢喜。

“是辜遇吧？”季夏的短信发送出去后，偏头看了她好一会儿的许多月这才出声，问完又顿了顿，加了一句，“还是聂医生？”

“当然是辜遇。”手机屏幕的光暗下去的瞬间，许多月看见季夏撇了撇嘴。

“聂医生真可怜。”许多月开玩笑道。

季夏没有回话，黑暗之中，她的眉心悄然蹙起，明知道许多月只是在开玩笑，却在意了。

沉默再一次吞噬一切，张牙舞爪地。

默默地将手机放好，季夏悄悄地深吸了一口气，合上了眼睛。但是许多月并不想就这么结束对话，她唤了季夏一声，轻声对她说：“你给我说说你和辜遇的事呗。”

“我和辜遇？”季夏有些茫然，不懂许多月为什么突然对这个起了兴趣。

“是啊。”许多月兴冲冲地说，“就说说你们怎么认识的，怎么在一起的，是谁先告白的，等等，什么都可以说。”

季夏倒无所谓讲她和辜遇，既然许多月想听，她便开始娓娓道来：“我们是在澳门认识的……”

回忆来到她与辜遇在澳门的第一次见面，再跳转到《鱼有泪》MV的拍摄现场。

最初时，有美好、有窘迫、有尴尬，也有悸动……一点一滴，全都珍藏在她的心上，每个细节她都记得清清楚楚。

直至她被沈思滢的“黑暗料理”伤了声带。

季夏的声音在这里戛然而止。

再往下，便是辜遇发现她代唱的事情，这部分是不能说的秘密。哪怕辜遇当初曾在电视节目里放出她唱歌的视频，却也始终没有明白地说出“代唱”两个字，而季冬与她更是从未承认过。连沈思滢都不知道这个秘密，她更不可能向许多月透露半句。

她答应过季冬，至死都会保守这个秘密，她已经在辜遇面前“背叛”过季冬一次了，不能再有第二次。

“季夏？季夏？”许多月听得正来劲，不想季夏却突然沉默了。见季夏没有要继续讲的意思，许多月连连叫了她几声，直到她有了反应，才接着问：“然后呢？”

“然后……”季夏欲言又止。

“是不是辜遇想方设法治好了你的声带，然后你一感动，就答应他的告白了？”见季夏吞吞吐吐，许多月迫不及待地猜测起来，说完之后发现好像不对，自己又摇着头否定了，“啊，不对！我看到过你们两个的娱乐新闻，我没记错的话，辜遇是在电视节目里向你告白的，当时很轰动的呢！换成我，一定感动死了！”

感动吗？

回忆起在电视里看见辜遇的那个夜晚，他当着全世界向她告白的那一幕，季夏的眉心不由得紧锁。

当时的她，没有一分一毫的感动，只觉得辜遇背叛了她。

“不，当时我并不感动。”几乎是脱口而出，她无意识地将心上正滑过的这一句话说出来，等她发现时已经晚了。

许多月有些讶异，疑惑道：“你这都不感动吗？”

季夏沉默了几秒，随即勉强地笑着说：“他当时以为我是另一个女孩儿。”

“啊？”许多月发出一声惊呼。

“四年前，他在笼月镇遇见过一个女孩儿，不小心撞到对方，导致对方脸上落下了伤，他一直在找那个女孩儿。”季夏解释道，“当初他以为我是那个女孩儿，所以才接近我。如果没有这场误会，也许我们根本不会有任何交集吧。”

季夏本以为对于这件事，她可以很大方，但淡淡的惆怅竟不自觉地随着她的声音，悄悄地充盈了整个病房。

沉默再一次变成她们共同的语言，一如黑夜对季夏神色的掩护，这一秒它同样是许多月的保护色。

从许多月圆睁双眸的错愕，到眉心蹙起的紧张，再到嘴角微翘的窃喜，每一分细微表情都被它悄悄藏起。

“那……那个女生呢？辜遇还在找她吗？”过了两分钟，许多月追问。

季夏轻轻点头，微不可闻地 “嗯”了一声，旋即，意识到许多月看不见她的动作，于是提高了音量说：“他从没放弃过找她，在他的心里，那个女孩儿很重要。”

“你怕吗？”许多月又问道。

“嗯？”

“你怕不怕她抢走辜遇？”

“怕。”季夏抿抿唇，叹了一口气，“明明辜遇是因为内疚，才想要找到那个女孩儿，弥补当年的错。我都明白，可是，有时候我会害怕、会不安。辜遇最初之所以和我在一起，是因为他以为我是那个女孩子，为了弥补我，他选择献上自己的感情。我没办法不在意，毕竟那个女孩儿活在他的心里太久太久了。有时候我甚至想，假如那个女孩儿唯一要的弥补就是辜遇的爱，他会不会成全？即使现在我们在一起。”

“终归，那是被他伤害过的女生呢。”许多月叹息了一句，语气并不像在安慰。

06

幸遇看见微信里来自许多月的三条撤回消息的记录时，天已经亮了。

见到连续三条消息都被撤回，而且时间显示是在半夜两点多，幸遇按捺不住心中的好奇，给许多月发去了消息。

你给我发了什么？怎么撤回了？

消息发送了出去后，幸遇就将手机装回了口袋。此刻是清晨时分，五点刚过一刻。他想着许多月在半夜两点多给他发了消息，一定是很晚才睡下，这会儿怕还在熟睡中，不料没过一分钟，许多月就回复了消息。

没什么，不小心发错了而已，抱歉，打扰到你了。

她是一整晚都没睡觉吗？

幸遇有些惊讶，他莫名觉得哪里不对，不知道是否是自己多心了，他觉得许多月好像是有心事想说。就在他犹豫要不要追问的时候，许多月又发来了消息。

其实我挺羡慕季夏的。可惜，她都不知道，她根本不用害怕会失去你，毕竟你那么在意她。

直觉告诉幸遇，许多月的这句话意有所指。

他刚蹙起眉，微信的聊天页面忽地一颤，许多月又将消息撤了回去。

一种“此地无银三百两”的感觉。

幸遇陷入了沉思，脑海里密密麻麻的都是 “失去”这个词，细细深究，倒像是许多月想要夺走季夏的什么。

到底是什么？

他很快就找到了答案。

是他。

因为许多月话里的最后是这样说的——毕竟你那么在意她。

他突然想起了收到许多月的第一条短信内容。

幸遇你好，我是季夏的同门师妹许多月，刚刚她借了我的手机给你打过电话。请原谅我的打扰，我很崇拜你，你是我的偶像，所以忍不住给你发了条短信自我介绍，希望你不要介意。季夏是我很好的朋友，我没有其他的意思。

当时幸遇并没有放在心上，也懒得回复，后来是许多月时不时发来短信，告诉他有关季夏的事情，他才与她的联系多了起来。那个时候他没有多想，现在想起，幸遇隐约觉得，许多月的心思并不如自己一直以为的那么单纯。

尤其是，“偶像”与“崇拜”这样的词，有时候也暗藏着爱慕的意思。

有了沈思滢这个前车之鉴，辜遇越想越觉得可疑，已在心底默默笃定，许多月是自己的爱慕者，亲近季夏只是为了吸引他的关注。

怀着试探，辜遇发去了消息：

也许有点儿唐突，但我还是想问问清楚，你不会是喜欢我吧？

很快，许多月就回复了消息，一连五条，似乎是要让他知道，她慌张了。

啊……

我……

你误会了，我没有。

真的，我只是很崇拜你，很羡慕你和季夏的感情。

我没有什么非分之想，你真的千万千万别误会，我就是单纯地崇拜你。你千万别误会，我不想你和季夏误会我。

感受到许多月的慌张，辜遇心下已答案分明。

回想起与沈思滢的当初，辜遇觉得可能是他曾不知不觉间给了沈思滢错觉和希望，所以才会导致她一直对他不肯放手吧。

他不希望许多月成为下一个沈思滢，毕竟季夏把她当作好朋友。

想了想，辜遇回复道：

我相信你，但我也有个不情之请，你也知道聂西闻有意要插足我和季夏之间，而且现在他成了季夏的经纪人，与季夏朝夕相处。我希望你能帮我看着聂西闻，因为你是我们的好朋友。

信息发送成功后，辜遇等了足足有五分钟，才等到许多月的回复——

当然可以。

简简单单的四个字，许多月故意让辜遇等了五分钟，想要他以为她在难过，虽然难过，但仍逞强答应了他的不情之请。

发送完消息后，许多月悄悄翻过身，面朝窗户，晨光透过玻璃窗落在她的脸上，她忍不住莞尔浅笑。

对于许多月与辜遇的较量，熟睡的季夏一无所知。

等季夏醒来时，许多月已经洗漱完毕，正从洗手间出来，听见声响，迷迷糊糊的季夏霎时没了睡意，连忙起身上前，扶住许多月。

许多月笑了起来：“我又不是什么重伤，你不用这么紧张。”

季夏的手仍然扶着她，一步步往前："你撞到了脑袋，万一忽然觉得头晕，又摔着了怎么办？"

被扶着上了床，许多月的眼角余光瞥过房门上的气窗，一个人影在门外一闪而过。见状，她笑眯眯地说："那我应该给你一个照顾我的机会咯？麻烦你帮我倒杯水吧。"

水壶和水杯就在旁边的床头柜上，季夏一个偏身，拿起水壶给许多月倒了一杯水。

水杯递到许多月的手里，这时响起了"笃笃"的敲门声，下一秒，门被推开的瞬间，水杯突然从许多月的手中滑落，杯子里的水顿时洒在了季夏的脚上，紧接着杯子砸在大理石地面上，玻璃碎片肆意飞溅。

刚进门的辜遇立马冲上前来，一把拥住季夏，拉着她往后退去，一边质问着许多月："你怎么这么不小心？"

许多月露出内疚的神情，连忙道歉："对不起，是我不小心，一时没拿好。季夏你没事吧？"

辜遇心里已对许多月有了偏见，他微蹙着眉，眼神怀疑地看着她，语气有些咄咄逼人："是真的不小心，还是故意的？"

"我……"许多月一愣，委屈地红了眼睛，"我怎么会是故意的呢。"

"多月，没事的，我知道你只是不小心。"见许多月委屈地低下了头，季夏嗔怪地瞪了辜遇一眼："辜遇，你真是的。你在胡说什么啊，多月不就是不小心掉了杯子吗，你怎么能说这种话？她昨天才奋不顾身地保护过我，怎么又会故意用杯子砸我呢？"

回忆被翻起，想起许多月将季夏推到自己怀里的那一幕，辜遇看向许多月的眼神中有了一丝歉疚。

"对不起。"他郑重地道歉道。

许多月摆了摆手："没关系，没关系的，只要你们不误会我就好。"

她抿起嘴，强撑笑容的样子，看着异常楚楚可怜。

这个时候，房门被再度推开，聂西闻与小糯一同走了进来，他们错过了上一幕，只觉得空气好像有些尴尬。

目光在三个人之间来回地打量了一会儿，也没寻见端倪，于是聂西闻只好罢休，走到季夏身边："昨晚袭击你的人已经抓到了，是陆星橙的粉丝。"

"又是陆星橙？"

季夏闻言，兀地皱了眉，下一秒，心中所想便被许多月说了出来。

辜遇眉心一紧，目光里多了几分警惕，语气疑惑地问：“又是？”

许多月解释道：“我们来C市的那天晚上，在机场的卫生间里也遇到了陆星橙的粉丝恶作剧。前天录制节目的现场，季夏收到恐吓礼物，也是陆星橙的粉丝做的。再加上昨天的惊险事件，这都三次了！”

空气顿时凝固了。

聂西闻赶紧宽慰季夏：“这段时间，我会多给你安排几个保镖的，你别担心。”

季夏没有接话，她心神不宁。

见季夏眉头深锁，辜遇心中有话，却默然咽回了肚子里，没有人听见，他心底的冷哼：陆星橙有那么多的粉丝吗？

第九章

嘘，月亮只有一个

01

A市的天气闷热得不行，天气预报称一场台风正朝着A市的方向过来。

辜遇正看着天气预报，手机就响了起来，是许多月发来的微信消息。他点开微信对话框，只看到一张照片，照片里季夏与聂西闻并肩站在厨房的洗碗池前，好像正在一起洗碗筷。画面中，聂西闻笑得温柔，但看不到季夏的表情，看样子是许多月偷拍的。

这两天，许多月时不时会发来季夏与聂西闻的照片或者是两个人的相关消息，如向他所承诺的那样，观察着聂西闻的一举一动。

紧接着，许多月发来了新的一条微信消息。

聂医生说下午约了时尚杂志社的人去信风岛，给季夏拍摄杂志封面，可是我听小糯说，季夏下午本来没有行程，是他临时安排的。不知道拍摄是不是真的，还是聂医生有什么别的事情要做……

盯着屏幕上的“信风岛”三个字，辜遇心中不是滋味起来，他产生一种聂西闻在一点点盗走他与季夏美好记忆的感觉。

他们已经出发去信风岛了，我下午有行程安排，没办法跟着了，抱歉。

心里好像有什么突然沉下去了，不安被放得无限大，他信任季夏，但难防聂西闻会对季夏做出什么事情，辜遇再也坐不住，匆匆换了身衣服就往门外而去。

铅灰色的云层遮住了大半的天空，阳光也暗沉沉的，一路上都没有遇见一丝半缕的风，空气是浑浊的，出租车上，辜遇默不作声，眉心紧锁。

以最快速度抵达信风岛后，辜遇寻觅了半个小时，终于在风车下找到了季夏与聂西闻。

季夏身穿白色连衣裙，与穿着白色西装的聂西闻面对面站着，半人高的草将他们簇拥着。她闭着眼睛，面容恬静美好，而聂西闻揽住她的腰，正慢慢靠近着她。两个人的脸越来越近，眼看下一秒聂西闻就要吻上季夏，辜遇怒不可遏地冲上前去，一拳打在了聂西闻的脸上。

聂西闻毫无防备，被辜遇这一拳打得往后趔趄了好几步，险些摔倒在地上。季夏闻声睁开眼睛，见状吓了一跳，她连忙伸手拽住还想再挥拳的辜遇：“辜遇，你在干什么？”

辜遇怒吼：“他竟敢对你不规矩！”

“辜遇，我们是在拍摄！”季夏解释道。

但这个解释并不能让辜遇心中的郁结消散："什么样的拍摄需要安排吻戏？你确信他不是在假公济私吗？你明明知道他对你有非分之想，你怎么还能同意这个提议？"

"只是借位，不会真的亲。我自己有分寸。"虽然知道辜遇这么做是因为太在乎她，但这一刻，季夏还是忍不住对辜遇不顾场合的发怒感到一丝厌烦。她眼角的余光能看到不远处的杂志社的工作人员和摄影师以探究的神情围观着他们，她最烦这样了，成为事件的中心，成为别人茶余饭后的谈资。

她把辜遇拉到一旁，彻底隔开辜遇与聂西闻，竭力保持平静的脸庞看起来并不愉快："你以后来拍摄现场，提前跟我说一声好吗？不要招呼不打就来。"

愠怒中的她忘了解释，聂西闻之所以与她一起拍摄杂志，是因为与杂志社约定好拍摄的男模特临时有事无法前来，这个节骨眼上又没办法更换拍摄主题，毕竟为了主题需要提前准备道具、服装、妆容等。因此杂志编辑提议让形象气质俱佳的聂西闻当替补，完成拍摄。她本来很犹豫，不过一想情况特殊，又只是借位，应该没什么妨碍，便勉强同意了。

辜遇并不了解真实情况，闻言，他心中一滞，郁闷的感觉好像被堵在下水道的杂物，无处发泄，又无法自行释怀。

两米外的聂西闻揉着钝痛的脸颊，用嘲弄的神色看着辜遇。

季夏看到了聂西闻的表情，她不想再让辜遇在这里受气，于是看向辜遇，语气有些焦躁地说："辜遇，你先回去吧。"

看着季夏紧蹙的眉心，辜遇一点儿也不明白她心中所想，他以为那与厌恶有关。他忽然觉得，明明就站在眼前的季夏，好像离他越来越远了。

02

幸遇刚离开信风岛，许多月的电话便打了过来。

想起方才被季夏冷落的一幕，想起聂西闻的那一抹讥笑，幸遇烦躁地接通了电话，他正要张嘴怪罪许多月，没想到许多月抢先一步道了歉。

“对不起啊！幸遇，现在才打电话给你。我问过小糯了，季夏下午在信风岛的拍摄行程是真的，我刚才很忙，没能抽出空告知你，你没去信风岛吧？”许多月声音里满是歉意。

幸遇一下子哑了口。

“都是我的错，对不起，我真的不是故意的。”半晌都没有等到幸遇的回话，许多月又是一番道歉。

“算了。”许多月都这么说了，幸遇也不好再责怪，他没好气地回道。

“那么……晚上你会来公司吗？”沉默了两秒，许多月怯怯地开口，“Heinz哥让我翻唱一首英文歌，但我老是唱得不好，他让我找你讨教。”

“再说吧。”说完，幸遇挂断了电话。

天气依然闷热，微弱的阳光落在身上，投映出云朵缥缈的影子。幸遇站在轮渡口，一阵海风吹来，浓浓的海味霎时粘在肌肤上，热乎乎的，腥臭腥臭的。

沿着马路走了一小段路，幸遇终于看见一辆出租车。

刚坐进出租车里，手机响了起来，幸遇拿起来一看来电显示，立马接通了电话。

对方一开口直奔主题：“你让我查的那三个人，除了一个女生是陆星橙真正的粉丝之外，其余两个都不是她的粉丝。”

果然！

上次是季冬借陆星橙之名伤害季夏，这次又是谁在故技重施？

也未免太没有新意。

幸遇嘴角往下一扯，表情沉重地追问：“Duncan，除此之外，你还查到了什么？”

Duncan回答：“暂时还没有。”

“那你继续查，有什么可疑的，即使不确切，也马上告诉我。”Duncan是幸遇最信得过的人，即使现在他不再是幸遇的经纪人，两个人的情谊也一如从前。话刚落下，幸遇蓦地想起每一次事件，许多月都在季夏身边，虽然知道不该怀疑奋不顾身救下季夏的许多月，但犹豫了一秒，他还是对Duncan补充了一句：“对了，你往HN新签的艺人许多月身上查查。”

之所以怀疑许多月，是因为辜遇笃定她对他心存爱慕。

嫉妒有时候会令人失去理智，譬如沈思滢不顾姐妹情谊，当日对深陷险境的季夏见死不救。谁知道，隔着肚皮，许多月的心又是怎样的？

这么想着，辜遇给许多月发去微信消息，约她晚上七点在练歌室见面，他打算借机试探许多月一番。

辜遇来到练歌室后，看到许多月正坐在转椅上等待他，她穿着牛仔短裤，双腿的膝盖被擦伤了一小片，还有血丝渗出。

他问了一句：“你膝盖怎么伤到了？”本来他只是随口一问，并不是真的关心许多月怎么摔伤的，不料下一秒许多月的回答，立马让他心生了愧疚。

许多月不好意思地侧了侧身子，企图挡住膝盖上的伤：“没什么，就是下午着急出来给你打电话，不小心摔了一跤。一点儿小伤，不碍事儿的。”

听完许多月的话，辜遇悄悄在心里责备起自己来，他找来公司备用的医药箱，用棉花棒蘸了消毒药水给许多月的伤口消毒，接着贴上创可贴。

“季夏受伤的时候，你也是这么细心地帮她处理伤口的吧？真的很羡慕她，人长得漂亮，唱歌又好听，最重要的是，有你在她的身边，如果我是她……”许多月温柔地看着辜遇，话还未说完，她忽然意识到自己话里的不妥，慌忙地抢过辜遇手中的创可贴，低着头，磕磕绊绊地说，“我……我……我自己来吧。”

“好。”辜遇没有反对，淡淡应了一声。

“刚刚是我多言了，你千万别放在心上。”许多月赶紧解释道，“我说的羡慕，是每个女生都会羡慕的那种，因为季夏拥有的东西是每个女生都憧憬的。”

沉默一瞬，辜遇认真地问：“多月，如果你所喜欢的人已心有所属，你会产生‘如果那个人不存在就好了’的想法吗？”

闻言，许多月脸色有些惊慌，她抿紧嘴巴，沉默不答。

见她不回答，辜遇继续道：“有很多人都会这样的吧。其实我也是，即使季夏不喜欢聂西闻，但看着总是缠着季夏的聂西闻，我仍会不禁想‘如果他不存在就好了’。”

“我……”许多月咬了咬唇，转开了话题，“我们还是说一说新歌吧。”

许多月心虚的反应，让辜遇越发笃定对她的怀疑，看来她心中的确是对季夏产生了不好的念头。

于是第二天下午，辜遇看见许多月高抬着手，正往季夏的脸上打去时，他没有片刻犹豫，直奔上前，推开许多月，将季夏护在了身后：“许多月，你想干什么？”

“怎么了吗？”许多月一脸茫然。

辜遇生气地皱眉道：“你为什么要打季夏？”

被掩护在身后的季夏推了辜遇一把，皱眉道：“你先搞清楚状况，我们刚才是在排戏。多月要拍一个宣传片，演绎各种情绪，她没有要打我，她只是在表演发怒。”

“这样……是我误会了，抱歉。”得知只是误会一场，辜遇安下心来。

许多月委屈得红了眼睛，她咬住嘴唇，从两个人中间冲撞过去，撞得辜遇退了一步。

她一路小跑着进了休息室，放声大哭起来，没想到没过一分钟，辜遇就追着推门而入。

许多月本来以为，就算追过来安慰她，那个人也只会是季夏，但没想到会是辜遇，她有些惊诧。

“对不起，我向你道歉，是我太多疑了。” 辜遇率先开口道。

许多月从桌子上抓起她的挎包，低着头从辜遇身边快步走过，声音哽咽地说：“我还有事，先走了。”

辜遇伸手想要拉住许多月解释清楚，许多月见状身子往一旁一躲，他只抓到了许多月肩侧的挎包。

“多月，真的抱歉……”

辜遇正说着，许多月看到他抓住她的挎包，竟如触电一般，猛地用手把包往怀里猛扯。这么一扯，半开的水桶包翻了个，里面的东西“哗啦啦”地掉了一地。

辜遇蹲下身去捡东西，许多月哽咽着问他：“辜遇，我就那么招你讨厌吗？”

辜遇微微一怔，深吸了一口气，回道：“对不起。”

有泪水砸落在地面上，只听见许多月的声音里充满心碎：“我明白了，我以后会离你们远远的。”

正去捡落在脚边的照片的辜遇闻言，他的手顿了一下。

他是伤害了一个好姑娘的心吗？

他有些愧疚起来，嘴巴微微张开，刚想要说些什么，目光不经意间扫过照片，他猛地僵住了。

他的眼里忽地抹上了错愕、疑惑、惊慌，还有更深的愧疚。

照片中，一个女孩儿站着，长得与许多月一般模样，左边脸颊上有着一道蜈蚣般的伤疤。

辜遇倒吸了一口冷气，神情凝重地问："这……照片中的人是你？"

这世界上会有如此巧合吗？他苦苦寻觅的女孩儿就在身边？

下一秒，辜遇不禁狐疑起来。

该不会是许多月从季夏那里听说了他们的事情，故意往自己小时候的照片上PS（修图）了一道伤疤吧？

毕竟她喜欢他，难保不会做出这样的事情，以此想要换取他的感情……

03

晚上，季夏正要离开公司的时候，辜遇拦住了她。

因为辜遇下午冤枉了许多月一事，季夏心里仍有些气恼，两个人四目相对时，她毫不掩饰眼里的愠色。

辜遇眉心一紧，将徘徊在喉咙里的解释吞回了肚子里，转而冷着声音对着季夏身边的聂西闻说："我和季夏有事要谈，你可以先离开了，晚点儿我会送她回去。"

聂西闻笑了笑，颇有些挑衅意味地道："作为季夏的经纪人，我有权拒绝你。"

宛若接到了战书，辜遇不甘示弱地反驳道："借用职权干涉季夏的私生活，这就是你身为经纪人的作为？"

眼见一场针锋相对的对战马上就要开始，季夏蹙眉对聂西闻说："聂医生，你先回去吧。"

聂西闻不高兴了，脸色一沉，眉眼间分明写着"我不服"三个字。

"我在外面等你。把你交给他，我不放心。"聂西闻说话的语气不容辩驳，"还有，我说过好几次了，我已经不是医生，你叫我西闻就好。"

季夏默不作声。

聂西闻自然料想到季夏是这个反应，没有多做纠缠，径自走出了大厦。

见聂西闻推开玻璃门出了大厦，季夏的目光收了起来，看向一脸不悦的辜遇："有什么事？"

其实她也想和辜遇谈谈许多月的事，但辜遇说有事，她便想先让他说。

听着季夏淡漠的口吻，辜遇觉得备受冷落。

"你现在就那么不待见我吗？"辜遇本想斤斤计较一番，可转瞬又没了底气，只好言归正传，说，"我想和你谈谈许多月，我觉得她在你身边是另有目的，你离她远一点儿吧。"

不懂辜遇为何又突然让她与许多月保持距离，季夏眉眼里的不满更盛："辜遇，你计较聂医生也就算了，现在连多月你都……"

"那是你不知道她……"说到这，辜遇的话戛然而止，理智最终压住冲动，阻止他说出许多月在他的要求下，当他的"间谍"一事。

"今天你的行为真的有点儿过分了。我不知道你为什么突然那么反感她，我只知道多月是一个很善良的女孩儿，她和我一样都是从笼月镇里出来的，十几岁就去了H国，如今又一个人回到A市，是多么不容……"

“什么？”季夏的话还没说完，就被辜遇猛地打断了。

季夏莫名地看着一脸错愕的辜遇。

“你等等，”重新回想了一遍季夏方才的话，辜遇深吸了一口气，缓缓问她，“你刚才说……多月是笼月镇人？”

“嗯？是啊！怎么了？”

辜遇不由自主地想起下午看到的那张许多月小时候的照片。照片里，一个女孩儿无措地站着，脸上那道伤疤格外分明，像一支箭一般，刺中了他的心。

回忆渐渐鲜明。

四年前，在笼月镇的那座桥边，他拉着沈思滢的手为了躲避混混，一路狂奔。跑上石桥时，他不小心撞到了一个女孩儿，那个女孩儿被撞得措手不及，身体霎时倒向石桥的围栏，脸在围栏上的石狮子上重重划过，紧接着，女孩儿发出了一声凄厉的尖叫声。

辜遇忍不住深吸了一口气，眼眶变得通红。

因为未曾记得他不小心推伤的女孩儿模样，发生了误将季夏认错的乌龙，辜遇一直很怕再一次认错人，又加上心底一直对许多月有偏见，因此在看到照片上的伤疤时，他的第一反应是怀疑。

倘若真的是许多月……

他那样对她就太不应该了。

辜遇转身往电梯跑去，徒留季夏莫名其妙地立在原地。

彼时的许多月正在舞蹈室里，对着镜子一遍遍地练习着舞蹈动作，当辜遇突然推门而进时，在做旋转动作的她猛地受了惊吓，脚下一崴，整个人跌坐在了地上。

辜遇本来想上前扶起许多月，但又觉得这样的行为好像有些不妥，尴尬地站在原地看着她。

隔着五六米的距离，两个人对视着，空气像凝固了一样，谁也没有说话。

一分钟过去后，辜遇终于忍不住了，几步走到许多月跟前，还是伸手扶起了她，问：“我听季夏说你是笼月镇人？”

“啊？”许多月没想到辜遇跑过来是问这个，怔了一下，点了点头，“我是从小在笼月镇长大，十五岁那年才离开，去了H国。”

“那你……”辜遇迟疑着，像是在如何措辞，“你脸上的伤疤……”

“我……”许多月条件反射似的捂住了左脸，低下头，低声道，“你认错人了。”

一听这句话，辜遇立马激动地抓住她的手臂："果然是你！你记得我的，是不是？"

因为激动，辜遇的手劲儿很大但不自知，许多月被他晃得头晕，连连制止："辜遇，你……你别……别这样……"

辜遇猛地反应过来，连忙松开了双手："抱歉，我只是想知道事实。"

沉默了几秒，许多月缓缓开口了："我听季夏说过你在找我。"

她抬起眼看辜遇，眼里有着淡淡的犹豫，顿了顿，继续道："你看到的那张照片，是我十五岁时拍的。就在那年，我去市场买东西，回家的路上穿过明月桥时，突然被一个男生撞倒，脸撞上了桥上的石狮子，从此落下了疤痕。再后来我的叔叔找到我，说我的亲生父母在H 国生活，我便离开笼月镇，跟着他走了。走之前拍了一张纪念照。"

许多月描述的事发细节，与辜遇的记忆毫无差别。

辜遇的心霎时一颤，汹涌而来的愧疚快要将他淹没了。

他刚想说些什么，只听见许多月又说："对不起。"

辜遇抢过话头，语气诚恳地道："该说对不起的人是我，如果当年不是我撞到你，你就不必毁容……对不起，多月，我当时就应该承担自己闯下的祸，至少应该带你去医院，负责你的医药费，可我却因为害怕，弃你而去。对不起！"

闻言，许多月咬了咬牙："其实，我当时真的很恨你。我看着镜子里的伤疤，觉得这辈子都完了。可是，后来我在季夏那里，无意中得知当年那个男生就是你……你是我最好的朋友心爱的人，我无法不原谅你，虽然心里还没有完全释怀。"

"对不起，我会为自己犯下的错负责的。"

"负责？"许多月连忙摆摆手，"不用了，你也不是故意的。我知道这么多年来，你心里都很内疚。我本来想告诉你我就是那个女孩儿的，虽然那时候我也不确定我是不是你要找的人，但我曾想如果真的是我，那么我一定要叫你放下内疚，重新生活。可是……季夏说她很害怕。"

"季夏？她怕什么？"

"她……她怕你见到我。准确地说，她并不知道我就是你在找的人。但对她来说，你念念不忘的女孩儿，是一种威胁，所以她心里似乎并不想你找到'我'。"许多月长叹了一声，"季夏是我的好朋友，我当时便决定，要把这个秘密藏起来。所以现在该说对不起的人是我才对，是我没能守护好秘密，对不起。"

眼前的许多月是那么善良，明明没有做错什么，她才是那个受害者，却一直在为别人的感受担忧。辜遇的心越发愧疚。

四年前，他差一点儿毁掉了她的人生；四年后，他又怀疑她、冤枉她，他简直不可饶恕！

深深吸了一口气，辜遇说："你想太多了，也肯定是误会了，正因为你是季夏的好朋友，所以季夏不会害怕，她只会心疼你。现在的你，需要我做些什么？我想弥补我的过错。我能为你做到的，都尽量答应你。"

"不用的。"许多月拒绝道，随即望着辜遇沉默了一会儿，又道，"如果……你非要弥补的话，我能不能拜托你一件事？"

"你说。"

"我的迷你专辑，可以请你全权负责吗？Heinz哥找的音乐人很好，但是刚才会议上他的提议我不是很喜欢。我想唱我自己喜欢的风格，我不想仅仅只是为了走市场，没有感情的歌唱是没有生命的。"

"可以，我跟Heinz说吧。"

"真的吗？"面对辜遇毫不犹豫的应承，许多月喜出望外，"那迷你专辑的名字，我也不想用《众星拱月》，你可以帮我另外想一个吗？"

"既然你叫许多月，那么专辑名就叫作……"辜遇想了想，笑道，"《月亮只有一个》吧。"

"月亮只有一个。"许多月呢喃着，"嘘，月亮只有一个。谢谢！我很喜欢呢！谢谢你，辜遇！"

见许多月笑得明媚灿烂，辜遇心上的愧疚才稍稍减弱了些许。

刚答应完许多月全权负责她的迷你专辑，可一转念，辜遇忽然又想起了季夏的第一张正式专辑。他先前已跟季夏说好，她新专辑里的十首歌，他要亲自操刀七首，如今他才交了第一首。而许多月的迷你专辑预定上市时间与季夏的接近，又比季夏的早。这样一来，季夏新专辑里剩下的六首歌，他便没时间交上了。

这是一道二选一的题。

辜遇眉头深锁起来，心下呢喃着：季夏，你会理解我吗？

第十章

墨水晕染了这盛夏

01

炎炎夏日，张扬在城市里的阳光热情得过火。季夏坐在公司附近一家咖啡馆的露天座椅上，时不时按照S杂志摄影师的吩咐，变换着姿势或是表情。

这家咖啡馆位于二十楼，半露天的装潢设计，环境十分雅致，不少人喜欢到这里取景拍摄。S杂志老早就与朴河寅接触，希望能够采访季夏，双方也约定了时间，但因为季夏行程繁忙，有几次变更了时间。最后S杂志体贴地选择在HN公司附近的这家咖啡馆进行采访和拍摄，并提前与咖啡馆做好沟通，进行了清场工作。

两个小时说长不长，说短不短，在37℃的高温之下，热浪一阵接着一阵涌来，像火球一样，将人紧紧裹住，让人头晕目眩之时，整个世界仿若多了一层滤镜，时间也仿佛变得无限漫长。

季夏不敢放松一霎，一直坚持到工作完成。等S杂志的工作人员离开后，小糯注意到季夏脸色有些惨白，连忙上前递上了保温壶："快喝点儿红枣姜糖水吧。"

季夏接过已被拧开了盖的保温壶，一瞬间像泄了气的气球，身子软了下去，连道谢都忘了说，抬头猛灌了几口。

另一边，送走了S杂志工作人员的聂西闻端着一杯奶昔过来，刚巧听到了"红枣姜糖水"五个字，他一怔，眉心蹙起，随之将奶昔搁在了一旁的桌子上，那是他刚才特意让服务生准备好，想给季夏消消暑的。见季夏脸色苍白，他明白了是怎么一回事情，心下责备起自己粗心大意，对季夏道："胃病犯了，你就该在公寓里好好休息，采访和拍摄都可以延期，没有什么比你的身体更重要。"

"走吧，我送你回去休息。"聂西闻伸手就要扶季夏起身。

"我还要去练歌。"季夏拒绝了他，拧紧着眉，态度坚决，"还有十天就要进行新一轮的综艺录制了，我没时间可以耽误。"

"我是你的经纪人，你是练歌还是休息，我说了算。"聂西闻一样坚决。

"你既然是经纪人，就应该更为我的前途着想。"

"在我心里，没有什么比你的身体更重要。还有，我除了是你的经纪人，也是一名医生，如果你要这么任性，我就对《想把我唱给你听》节目组说，让你退出这个节目。"

"你！"

两个人僵持不下之际，季夏的手机忽地振动了起来。一旁左右为难的小糯如获救命稻草，立刻将手里季夏的手机递了上去："是季冬找你。"

闻言，季夏微微一怔，眼里充斥着错愕。

季冬的来电太突然了，自从上次天台事件后，两个人就再无联系，季冬突然给她打电话，只可能是有要紧事拜托她。

季夏立马接听了电话："冬儿，是我，你怎么了吗？"

电话里头，季冬愣了愣："我没事啊。"

心里的忐忑顿时消失无踪，季夏长吐了一口气："那……你在香港还好吗？找我是有什么事吗？"

"我还好。"季冬语气有些生分，她顿了顿，说，"我有事想拜托你。"

"什么事？"

"季夏，我看到你最近接了一档名叫《想把我唱给你听》的综艺节目，你能不能……你能不能带上南盛？"

没想到季冬的这个"拜托"是为了南盛，季夏有些错愕，她抿着唇，有些为难地婉拒道："抱歉，冬儿，我确实是在参加《想把我唱给你听》这个节目，但你也应该清楚，我没有那么大的权力，可以做主带南盛一起参加，这都是公司的安排。实在对不起。"

"季夏，我好像都没有求过你吧？"季冬低着声音，哀求道，"就当我求你。"

"冬儿，不是求不求的问题，是我没能力做到。"

"南盛在H国过的什么日子，你知道吗？自从你们组合解散之后，他被召回了H国，说得好听是回国发展，其实就是雪藏封杀，一分钱的收入都没有。如今他妈妈在医院治疗，每日的医药费都需要他想破脑子去筹，去借！他也是有梦想的人，明明是你们一起犯的错，为什么只有他一个人要受惩罚？"

季冬激动起来，声音里带着哭腔。

季冬说的这一切，季夏只是一知半解，她一直都不清楚南盛的家境，只知道他被雪藏了，却不知道如今他连生计都成了问题。

季冬越说越激动，越说越气愤："当初你在H国出道，拉着他一起假扮情侣，你知不知道这对他来说有多侮辱，有多讽刺？你在HN做练习生不过一年时间，而他已经做了五年的练习生了！他明明实力不菲，却只能来衬托你。在出道之前，他拿着微薄的工资，拼命地往上爬，他告诉我，那时候的他，好似永远都看不见明天。若不是你要出道，他不会被选中当你的'男朋友'。他期盼中的出道并不是这样的，不是充满谎言的，可他没办法，他花了五年的时间去追梦，他的母亲也一直在支持他，为了他一个人兼职几份工作。可是好巧不巧，他母亲在那时候患上了重病，每日都需要用很高的医疗费去保住性命。对于那时候的他来说，无论是母亲还是梦想，他都没有办法放弃，没有拒绝的理由。不，不仅仅是那个时候，现在也是一样！”

从未想到能从季冬口中听说到这些，季夏忽然明白了为什么当初组合出道时，南盛会那么讨厌她了。

那是因为季夏有聂西闻这个后台，只需一年的练习生生涯就可以出道，而同样实力不菲的南盛，却足足做了五年的练习生，最终依靠着“季夏男朋友”的头衔，才得到了出道的机会。

命运这般不公，南盛唯有将怨恨全发泄在她身上。

她动了恻隐之心，也为当初出道时对南盛造成的不公而感到抱歉，虽然这不是她的错。

季夏深吸了一口气，缓缓道：“我知道了，我会想办法的。”

挂断了电话后，季夏看向身边的聂西闻，迟疑着问：“聂医生，我能不能拜托你一件事？”

因为距离季夏很近，聂西闻早就听见了电话里季冬的拜托与控诉。他意味不明地笑了笑，说：“你想带南盛上节目？”

“你都听到了。”季夏毫不避讳，随即在脑子里组织了一下措辞，言辞间略带威胁，“谢谢你当初那么帮我，但是你也亏欠了南盛。”

“你的意思是，我不帮不行？”不等季夏回话，聂西闻话锋一转，“要我帮他也行。那你现在马上回公寓休息，明天我就给你好消息。”

“我……”季夏还想拒绝。

“那就算了，你自己解决。”聂西闻无所谓地笑着，“不过只要我打一个电话，你也不用再上那个节目了。”

聂西闻的威胁直接坦荡，季夏无可奈何，只好答应。

其实季夏也知道聂西闻出此“威胁”是为了她好，可是他越是这般不知分寸地靠近，她就越反感他。

于是回了公寓后，看聂西闻并没有要离开的意思，季夏下达了逐客令，将他的威胁学以致用：“你不离开的话，我就不休息了。”

见季夏把门打开，将“请走”两个字写在脸上，聂西闻哑然失笑，无奈地点了点头：“知道了。”

02

聂西闻一走，季夏很快便睡熟了过去。

这一觉很沉，等她醒来时，屋外的天已经黑了下去，房内充盈着昏黄的灯光，而辜遇就坐在她的床边。

以为是自己产生了错觉，季夏不禁揉了揉眼睛，发现辜遇还在眼前。

四目相对之际，她笑了。

她含糊着声音问："你怎么在这里？"

辜遇也笑着："我刚来，还以为你还要睡很久，就坐在这里等你。我有个好消息想要第一时间告诉你——我找到她了！原本昨晚就按捺不住要过来的，但临时有事耽搁了，一耽搁就到今天这会儿了。"

"她？"季夏不明所以。

"就是许多月啊！"激动的辜遇并没有注意到季夏疲倦的脸色，兴奋地把从许多月那里要来的照片递给季夏，"你看，许多月就是当年被我不小心撞到，划伤了脸的女生。"

季夏接过照片一看，照片里面许多月脸上的疤痕与自己脸上的疤痕，无论是位置还是大小，都相差不远。

难怪当初辜遇会错认成她。

季夏忽然转念想起，前几日她在C市医院里，与许多月闲谈时说起过辜遇念念不忘的女孩儿。

狐疑顿起，她迟疑地开口："我和多月说过那个女孩儿的存在……"

"你是在担心她骗我吗？"未等季夏说出心中的疑惑，辜遇便笑着道，"怎么可能？那些你都不知道的细节，她统统都知道。除了我和思滢，也就只有当年的那个女孩儿知道这些啊。"

"我不是那个意思。"季夏有些不悦，却还是忍住了，"我是想说，她当时为什么不告诉我。"

"她说……"辜遇顿了顿，编辑着措辞，"她以为你并不想让我见到她。不过你不用担心，我已经跟她解释过了。"

季夏当即语结。

许多月没有说错，她确实是这么想的，但她没有想到，那个女孩儿居然是许多月。

兴致勃勃说完这件事情，辜遇的语气变得结结巴巴起来："季夏，还有件事我要告诉你。那个……我……答应了许多月，我……"

"你怎么了？"季夏心里忽然有种不好的预感。

"我……"辜遇还没说完，房门外传来的脚步声打断了他。

下一秒，小糯趴在门框上，探头进来："我给你煮了四红补血粥，上网查的，都说胃病吃这个好。"

小糯话一说完，空气静默了几秒，察觉到气氛不对，她悻悻然地笑着逃离了房间。

辜遇握住季夏的手，内疚道："我都不知道你身体不舒服，对不起。"

"我没事，睡了一觉，已经好多了。"季夏将话题转回去，"你刚才想说什么？你答应了多月什么？"

"哦，我……"辜遇将季夏垂下来的头发拢到耳后，咽了咽口水，"我答应许多月要弥补她。她是你的好朋友，季夏，你会支持我的吧？"

"那当然啊，她当初应该很不好受吧。"叹了一口气，回想起自己毁容之后的那些过往，季夏深有感触地说。

季夏永远都是善良的。

所以，她一定会理解，他是为了弥补许多月，才会选择全权操刀许多月的迷你专辑，而帮她另外联系了其他优秀的词曲人，给她的新专辑写歌吧。

但还是等下一次时机合适了再告诉她吧，听说女生生病时会比较敏感。

可是辜遇没有想到，还没等他找到合适的时机，聂西闻就在第二天将这件事告诉了季夏，于是他成了对季夏有所隐瞒的那一个。

随后，聂西闻继续宣布："另外，原定的《想把我唱给你听》第二轮的录制，季夏的帮唱嘉宾，也将由辜遇更换成南盛。"

第二轮的主题，有一个"帮唱"环节，是属于加分环节。

季夏下意识地脱口而出："为什么？也是因为多月的迷你专辑吗？"

一旁的辜遇一脸莫名："我没有说过我不参加……"

"你根本没有时间参加，录制的时间与许多月的迷你专辑撞期了。"不等辜遇把话说完，聂西闻抢过了话，他看向季夏说，"何况，昨天是你要我帮南盛的，这样安排，大家都得益。"

"我……"季夏想辩解，又无话可驳。

"许多月是你的好朋友，南盛是你过去的好搭档，成全他们，对你来说是很重要，也很开心的事才对。"明知道季夏无话可驳，聂西闻偏偏不饶过她，非要再添上一句。

就在这个时候，一直沉默的许多月突然插嘴了，她俨然把自己放在了矛盾的中心点，一脸的不安内疚："抱歉，是不是我搞砸了一切？"

"不……"

"不关你的事。"

季夏与辜遇不约而同地开声安慰，然而听见了辜遇的声音，季夏却莫名地合上了嘴巴，一个完整的句子被生生地切断，只剩下一个字。

这一刻，她心里有些发堵。

看着辜遇体贴许多月的模样，她仿佛觉得眼睛里有刺。

恍惚之间，她明白了当初沈思滢对她的芥蒂。

念想间，心里好似有一股冲动，季夏咬了咬牙，朝辜遇说："辜遇，这是我单飞后的第一张个人正式专辑，你知道我有多重视的。"

话一出口，季夏就后悔了，她不该妒忌的。

然而辜遇知道她介意，却不知道她有多介意，说话的口吻仍然直白得很，只听他说："我知道，但是多月的迷你专辑对她也很重要，我答应过要弥补她的。而且你说过，你能理解的。"

"是啊！我说过的。"季夏的嘴角僵硬地上扬着，话落，她转身离开，像要摆脱这该死的尴尬。

聂西闻瞥了辜遇一眼，不紧不慢地跟上了季夏的脚步。两个人前后脚进了电梯，聂西闻不痛不痒地说了一句："假如是我，肯定是你的专辑更重要。"

言外之意是，他比辜遇更重视她。

深谙聂西闻这句话的用意，季夏没有接话。

虽然妒忌又生气，但季夏也明白，辜遇当年对许多月的伤害，对他来说，是一种很深很深的愧疚，他必须遂了许多月的心愿去弥补，好比当初对待她一样。她也曾受过伤，脸上留下过疤痕，她应该对许多月当年的心情感同身受。更何况，她是许多月的好朋友。

如此念想着，季夏深呼吸一口气，在心底告诫自己：这并不代表在辜遇的心中，许多月更重要。只要辜遇觉得对许多月已经有所弥补，只要他能放下多年的愧疚，他的心能好过，便值了。

告诫落罢，季夏有些心虚，她不知道自己这样，算不算是在假装良善。

大概是情绪到了低落处，人就容易出错。季夏与聂西闻离开公司以后，直接驱车到市中心的一个商业广场。先前朴河寅给季夏接了一个饰品连锁品牌“幸运爱”的代言，该公司在A市的第七家分店开张，作为代言人，季夏要到场参加剪彩活动并献歌一首。

活动进行得很顺利，一直到季夏演唱前，忽地有记者抛来一系列与活动无关的问题：

“季夏，请问你和聂先生现在是什么状态？”

“聂先生晋升为你的经纪人，是你向公司提出的请求吗？”

“请问你和辜遇是分手了吗？分手原因是不是你喜欢上了聂先生？”

“听说你的新专辑原定由辜遇作词的部分歌目，现在不再由他负责了，而且是辜遇亲自拒绝给你作词，决定全权负责你同门师妹的新专辑？”

“听说你最近遭受已故艺人陆星橙粉丝的报复，这是真的假的？你对陆星橙的粉丝有什么要说的吗？”

“你认为当初陆星橙的自杀，是你造成的吗？”

那些问题犀利而带有攻击性，话题从感情再到陆星橙，每一句话都是一把利刃，直直地朝季夏的心脏刺了过去。

聒噪的声音拥挤在狭小的心房里，仿若下一秒就要挤爆薄薄的心壁。

季夏站在台上，紧抿着唇，蹙眉不语。

最终，是活动主持人控制了场面，拿着麦克风从容不迫地回应了一句：“各位记者朋友们，今日的主题是‘幸运爱’，恕我们季夏不做任何回应。下面有请季夏为我们献歌一首。”

掌声响起，季夏挪步到舞台中央，她深吸一口气，轻轻唱了起来。

所要唱的歌对季夏来说并不难，可是她满脑子都是刚才记者们问的那些毫不留情的问题，她无法一心专注在演唱上面。

“听说你的新专辑原定由辜遇作词的部分歌目，现在不再由他负责了，而且是辜遇亲自拒绝给你作词，决定全权负责你同门师妹的新专辑？”

回想起那些问题，季夏没办法不在意。

对于季夏来说，比起先前与南盛组合出道的那张专辑，这一次的新专辑才是她人生中真正的第一张专辑。

“第一”当然要与“第一”匹配。

“最重要的”当然要与“最重要的”放在一起。

譬如，她人生中的第一张专辑与人生中第一个喜欢的人。

这是多么美好的一件事。

等她年老了，说起这张专辑的时候，眼里依旧自豪骄傲，嘴角依旧泛着幸福的笑。

这世间再没有比这更完美的礼物了。

可是，幸遇却不明白。

他什么都能弥补，却偏偏在这个时候，对许多月弥补了这个。

就在她三心二意地唱着歌，脑子胡思乱想时，她忽然看见观众中，一个高举的牌子上，写着血淋淋的两行字——

陆星橙在看着你呢。

你一定会失去所有，包括幸遇。

“啊——”

季夏霎时受到了惊吓，失声尖叫。

没有人注意到那个血淋淋的牌子，大家的目光以及镜头的焦点，全都落在季夏一个人的身上。她演唱出错的这一幕，立刻被记者们的摄像头记录了下来，视频以迅雷不及掩耳之势在网络上传播开来。

霎时之间，网络上骂声一片：

@君子暝：哈哈哈，这大型“现场车祸”，简直喜闻乐见！以后看谁还敢说季夏是季冬的代唱！季冬以前上台时，绝对没有这么丢人过！

@纳萨君：我的天，她怎么回事？

@24味姜蘑菇：吓死宝宝了！在现场的我表示，耳膜都快爆了！

@wisteria-筱柠：又是在炒作吗？就不怕炒煳了吗？

@ Angelia：路人转黑了，这水平都不知道怎么红起来的。

@莹萧月：什么人都能红得起来啊，现在大家又学会了一招，不会唱歌就尖叫好了。

@巴黎铁塔上的记忆memory：看来好好唱歌对季夏来说真的很难！

坐在保姆车里，季夏看到微博上的谩骂，一路沉默着。

目无表情的她看似是习惯了微博上的攻击，可是，只有她自己知道，每一句谩骂落在心上的重量。

一直以来，她都很在意别人在唱歌方面对她的评价，而这一次几乎全网都在抨击她没实力、不专业，这对她来说，无疑是非常严重的打击。

季夏深吸了一口气，眼里悄悄燃起了坚定的火光。

她在心里暗暗告诫着自己：季夏，从下一秒开始，你必须更加努力，在录制《想把我唱给你听》时，可绝对不能再出错了！

她要证明自己，她要站在世界之巅，她要告诉全世界，她是凭实力的。

03

周末。

凌晨一点二十四分，城市已经入了眠。

季夏回到公寓时，整个屋子黑漆漆、静悄悄的，小糯和许多月早已睡下。借着屋外照进来的微弱月光，季夏脱下高跟鞋，换上拖鞋，直接摸索着墙，拖着疲惫的身子进了卧室，拿上睡衣，去卫生间洗漱。

等到她洗漱完毕，回到卧室，钻进被子里时，许多月忽然开声唤她："季夏。"

心跳猛然加速，季夏赶忙按住胸口，喘了一口大气，低声呢喃："你吓死我了。"

"对不起。"许多月坐了起来，语气抱歉地说，"我不是故意要吓你的。"

"我知道，不用道歉的。"听着许多月郑重其事的道歉，季夏反而有些尴尬，"你怎么还没睡？我以为你早睡了。"

"我在等你啊。"回答季夏的是一种非常小心翼翼的语气，"这三天你都很晚才回来，早上很早就出门了。我问过小糯，她说你的行程都是回公司练习歌舞，可我就是遇不见你。可能是我多虑了，但是我还是想问你，季夏，你是不是不想见到我？因为辜遇要担任我迷你专辑的制作人，没有时间帮你写歌，也不能和你一起录制节目。"

"不是这样的，因为马上就要录制新一轮节目了，所以我把精力都专注在练习上，最近我连见辜遇也没时间。"面对许多月的质疑，季夏下意识地否认了，但后知后觉，她确实有那么一点儿逃避许多月与辜遇的意图，但她终究没有承认。

"真的只是因为这样吗？"许多月半信半疑，"可是，我们也要拍摄乌龙茶的广告了，里面的广告歌我们都还没一起练习过呢。我们是不是应该一起排练一下啊？"

广告歌是在聂西闻宣布辜遇全权负责许多月迷你专辑的那日送到她们手上的，因为季夏当天在代言活动的现场出了差错，因此一心想要在《想把我唱给你听》的综艺节目上取得好成绩，所以和聂西闻、朴河寅沟通决定，等她录制完节目再安排练习。

黑夜里看不见许多月的表情，季夏只凭着她说话的口吻，猜测出她的郁闷。

沉默在房间里畅游了一会儿，许多月没有等来季夏的回答，语气更加怅然："其实你并不想跟我一起拍摄广告录制广告歌了吧？"

季夏当即否认："你想太多了。拍摄广告和录制广告歌的事，我已经跟聂医生和河寅哥商量过了，可能河寅哥太忙就没跟你说吧。我想等录制完综艺再跟你练习，毕竟广告拍摄的时间比综艺节目的录制要晚三天。”

季夏已经看过了广告歌，是一首很简单的歌，她有信心，三天的练习对她来说已经足够。

听了季夏的解释，许多月立马释然，笑着说：“原来是我想多了。”

季夏笑了笑，以嘴角上扬的弧度来回应许多月，却忘了这黑乎乎的房间里，许多月根本看不见她的笑容。

两个人重新睡下去之后，屋子里又被沉默侵占。因为这几日高强度的练习，季夏的身体倦得很，一躺下去，她的眼皮已经沉重地合上了。

昏昏欲睡的时候，身边的许多月又打破了沉默：“你真的没有生气吗？”

季夏可以感觉得到，许多月面朝着她，目光正凝在她的脸上。

她言简意赅地答道：“没有。”

她不敢承认，好像生气是一件很不对，也会惹得大家都不开心的事情，所以她必须否认。

“那……”得到了答案，许多月却还揣着别的问题，稍稍拖长的尾音泄露了她的忐忑，“如果我和幸遇一起拍MV的话，你也不会生气吧？”

“你们要拍MV？”季夏一下子清醒了。她想起了自己新专辑的MV，原本她与幸遇也要拍摄那首《流星狂欢曲》的MV的，可后来因为聂西闻，计划被搁置了，以致现在成为完不成的遗憾。

生气吗？

季夏听见自己的心在问。

当然生气，不仅生气，还很嫉妒，明明幸遇是她的男朋友，可是……

身旁，许多月一点儿也没有察觉到她的异样，声音里充斥着笑意：“是啊，幸遇说，那首新歌是他一字一句作曲写词的，他最清楚歌里面要表达的情感。我真的没想到呢，幸遇那么有才华，才几天啊，就写出了一首新歌。旋律也很好，词也很厉害，我真的很意外，很喜欢呢！”

说起幸遇，许多月的口吻和腔调都变得轻快起来，一字一词里充满了对幸遇的崇拜。

“哦，那挺好的。”季夏努力压制着鼻腔里的酸涩，强颜欢笑着，生怕泄露了一丁点儿的愠气，悄然的深呼吸落下，她假装打了个哈欠，“多月，我很困了，我们睡觉吧。”

话落，她翻过身，背对着许多月，以一句“晚安”结束了这深夜的交谈。

见状，许多月只好叹气，也回了一句："晚安。"

房间内再一次恢复了沉默，安静得能听见呼吸声，也叫人容易往空荡荡的脑子里塞上一桩又一桩的烦恼。季夏屏息敛神着，生怕许多月会听见她呼吸里的不愉快，也怕许多月会突然伸手揽过来，碰到她因为强忍住恼怒而僵硬的身子。

睡意已全无，季夏脑子里全是许多月方才的话。

她一遍遍地回想着许多月的话里隐藏的情愫，猜测着许多月的情感，越是如此，她的心就越是不安。

她忽然很害怕，害怕许多月也会爱上辜遇，害怕许多月向辜遇告白。她不确定，为了弥补当年的过错，辜遇会不会选择牺牲她，转身去牵许多月的手。

她想起下午辜遇打电话约她见面时，她一口回绝了。

当时遭到拒绝的辜遇不悦地说："我都三天没见到你了，再拼命你也得好好休息啊。今晚你就休息一个小时吧，我们去约会好不好？整日整夜地练习也不是好事，聂西闻作为你的经纪人不应该放纵你这么过度练习的。万一你身体承受不来，受了伤，那还怎么录制节目？"

季夏并不接受他的劝告，只坦诚道："我想赢，我要赢。"

她不知道，她直白的心里话，落入辜遇的耳朵里，变成了另一种意思。

于是辜遇不解地问："现在的你，为什么就那么在意名誉和荣耀呢？唱歌就那么重要？比你的身体还重要？比我还重要？"

这是他第三次问这个问题了，他和唱歌哪一个更重要。

这一次，不同于以往的两次，季夏的回答几乎是赌着气："那我和许多月谁更重要？对你来说，不也是她比我重要吗？所以，对我来说，唱歌很重要，名誉、荣耀都很重要，比你重要，这又有什么问题！"

口是心非，是因为她不知道怎么向他坦白自己的自卑心理。

爱情也好，唱歌也好，她一直都没有太多的自信心，所以，她会忐忑，会不安，会妒忌，会生气。

04

很快就到了《想把我唱给你听》节目录制的日子。

总共七位参赛者，季夏抽签抽到了第六。在后台等候时，她的心未曾有过片刻安宁，原本她以为自己会更在意台上其他参赛者的表现，可事实上，她的注意力一直在台下的观众席上。她在等待辜遇，即便她没有对他发出过邀请。

最近，她与辜遇都没怎么联系过，回到公寓的时候，她偶尔会从许多月的口中听说辜遇的事情，譬如他吃了什么好吃的东西，譬如他教会了许多月什么。

总从旁人的口中听说到自己男朋友的每一天，是一件很讽刺的事。

身旁的聂西闻从季夏不安分的眼睛看穿了她的心思，揶揄着说："你该不会在期待着辜遇会过来吧？"

季夏没有搭理聂西闻，看也不看他一眼，自顾自地拧开矿泉水瓶，轻抿了一口。

作为经纪人，这些天聂西闻几乎与她朝夕相处，所以也早就瞧出了季夏与辜遇正处于冷战状态，更是有意无意地夸大辜遇对季夏的冷落。聂西闻的别有目的，季夏自然是心知肚明的。

一直等到第五位参赛者都已经鞠躬下台，季夏还是没有看见辜遇。目光依依不舍地从观众席上收回，她深吸了一口气，眼睛里的无所畏惧其实八分都是在逞强。

"季夏，"眼看季夏即将要踏上舞台，聂西闻叫住了她，随即快步走到她身边，在她耳边轻声道，"相信你自己，除了唱歌，什么都不要想。"

他温柔的鼓励，暗藏着对她的忠告。

读懂了聂西闻的弦外之音，季夏不悦地蹙了蹙眉，毅然跨步往前，半点儿回应都吝啬。

此时，主持人的声音回荡在录影棚里："接下来有请季夏为我们带来一首《下一站天后》。"

季夏昂首挺胸，踏着掌声，慢慢地走上了舞台。

聚光灯打在她的身上，伴奏响起。

季夏选的歌是《下一站天后》，是一首粤语歌。她之所以会选择这首歌，除了喜欢之外，也希望是自己能够如歌名所表达的那般，在下一站成为天后。

当所有人的目光都聚焦在季夏身上时，季夏的目光却再度游走在观众席上。

她还在期待，期待着辜遇的身影会出现在某个角落里。

然而，她还是失望了。

这一刻，她脑子里清晰地浮现着《下一站天后》的歌词，忽然觉得歌词多么契合她这一刻的心情。她不住心下感慨，眼里微微闪烁着泪光。

她抬起头来，合上双眸，深吸了一口气后，随之唱道：

“站在大丸前，
细心看看我的路；
再下个车站，
到天后，
当然最好；
但华丽的星途，
途中一旦畏高，
背后会否还有他拥抱……”

情绪借着音乐抒发，这一唱，季夏得到了全场最高分。

听着评委中肯的认可，季夏并未有太多反应，她所有的情绪都抒发在刚刚的那一首歌里。然而除了聂西闻，没有人注意到她眼眸里的悲伤，有人拍下她面无表情的一幕，给她贴上了“目中无人”的标签。

节目录制结束，回公司的路上，季夏仍然无精打采的。

坐在副驾驶上的聂西闻，透过后视镜，将季夏的不愉快尽收眼底。

虽然见不得季夏为了辜遇这般难过，但是今晚辜遇对季夏的冷落是叫他心生窃喜的，他不需要像季夏那样去深追辜遇始终毫无音讯的原因，他只知道，辜遇越是令季夏伤心，他能够动摇季夏的概率就越大。

他应该要感谢辜遇的不珍惜。

也许，确切地说，辜遇不是不珍惜，只是辜遇太年轻了，年少气盛总是容易失去生命中最重要的。

不一会儿，保姆车停在红绿灯前，聂西闻忽然想起什么，对司机说：“开到前面的四季广场去吧。”

司机回道：“是的，聂先生。”

几分钟后，保姆车停在了四季广场的地下停车场，季夏心不在焉地跟着下了车，走在聂西闻身后，丝毫没有察觉不妥，直到聂西闻带着她到了哈根达斯的门店，她才反应过来。她正莫名时，旁边有一个女生凑了过来。

女生眼里放着光：“请问你是季夏吗？我很喜欢你的！你能给我签个名吗？”

季夏微微一怔：“哦，可以。”

签完名，再微笑着与女粉丝合影，然后目送女粉丝离去之后，季夏立马戴上了口罩。

她不想被粉丝拍下她与聂西闻在哈根达斯里的照片，以免带来绯闻风波，关于他们这段三角恋的花边新闻已经太多了。

更重要的是，她不想宰遇再有什么误会。

季夏一边小心翼翼地看向四周，一边问聂西闻："我们不是回公司吗？怎么来这里了？"

"两份哈根达斯，一份香草味，一份曲奇奶香口味。"聂西闻对吧台内的服务生说，随后目光才落到身边的季夏身上，他笑容温柔，理由正当，"想了想，觉得你今晚的表现实在太好，还是要奖励一下。"

"谢谢，不过河寅哥没告诉你吗，吃冰淇淋会发胖。"季夏拒绝道。

"那你吃完回去做二十个俯卧撑不就行了，大不了我陪你一起。"聂西闻的心情看起来很好，"你知道吧，哈根达斯那句家喻户晓的广告词是这么说的——If you love her,take her to Haagen-Dazs.（爱她，就带她去哈根达斯。）我以前一直觉得这不过就是一句噱头，用来骗骗小女生的，直到刚才，看着你的时候，我脑子里突然闪过了这句话。"

闻言，季夏皱起了眉头。

见季夏不说话，聂西闻又接着说："你今晚录制这么重要的节目，宰遇不可能不知道。可是他一直没出现，也没有联系你，他对你的心意，你还不清楚吗？"

季夏不愿意听这种话，她转身往店外走去："我累了，不去公司练习了，我要直接回公寓。"

聂西闻拿上哈根达斯冰淇淋，两步并作一步，越过季夏，挡在她面前："我可以带你走上你梦想中的舞台，我可以陪你做任何你想做的事，你所有的喜欢和梦想我都会支持。如果你喜欢，我可以每日都陪你吃哈根达斯，把所有冰淇淋的口味吃完，然后重新循环，直到我死去。直到我死去，我都会奉行'爱她，就带她去哈根达斯'这句话。"

聂西闻是深情款款的，亦是步步紧逼。

但他不曾预料，那一句"我可以带你走上你梦想中的舞台"，对于敏感的季夏来说，是一种讽刺。

季夏高昂起脑袋，倔强说："可是，我并不想吃哈根达斯，我也并不想去爱你。我想要的，是努力靠着我自己的实力走上舞台，披上星光。"

她从来都不需要施舍，更不想要捷径。

第十一章

你的名字，是我永远的心事

01

七月的A市，风凉凉的。

季夏奔跑在夜里，像乘着风前行，目的地是辜遇的公寓。

十分钟前，在哈根达斯的店门外，在她与聂西闻争执的时候，她忽然被自己点醒了。当她豪言壮志地说要靠自己的实力去实现梦想时，她恍然顿悟，对爱情和辜遇，她也应当持有同样坚定的决心，否则又凭什么大言不惭地说梦想与辜遇同样重要。

因为同样重要，所以对待辜遇，她也该要同样地付出。

她猛地想起辜遇的母亲连芷曾说过的话——“爱情最忌讳的就是自卑。”

是啊，她太自卑了。她明明在追逐梦想的路上有着一腔英勇，到了辜遇面前，却偏偏胆小如鼠，总是战战兢兢、患得患失，嘴巴上说相信他，实际上心里总是不安。

仿若是缠绕在心上的迷雾忽地被一阵清风吹散，看着聂西闻眼里自己的影子，季夏仿佛是看到了骨子里胆小懦弱的自己。

她听见心在对自己说：“既然面对别人的质疑，你可以拼了命去努力，去证明自己。那么在聂西闻出现时，你也可以坚定自己的心意，为什么现在却要怀抱着不安，对辜遇步步后退呢？许多月只不过是你的一个假想情敌罢了，她没有说过她喜欢辜遇，辜遇也没有对她动过心，不是吗？”

能够打败她的爱情的，从来都只有她自己而已。

心境清明以后，季夏当即丢下聂西闻，转身离开了。

盛夏里，绚烂多彩的霓虹夜景，全是眼眸中一闪而过的油画。季夏没有欣赏的心情，她穿过大街小巷，脚下的步伐未有片刻停止。直到她终于见到了辜遇，酸痛的双脚才终于一软，整个人瘫进了辜遇的怀里。

辜遇被突然出现的季夏吓了一跳，他揽住季夏的腰，扶着她往屋里走去，嘴上担心地念叨着：“你怎么了？发生什么事了吗？”

季夏气喘吁吁地笑着，一把抱住了辜遇：“我想你了。”

她像一只小猫，黏在辜遇的怀里。

辜遇一怔，旋即笑着回以更热烈的拥抱：“我也好想你。”

拥抱那么甜，那么暖，盛夏的夜晚如此美好，怀里的人是喜欢的人，两个人默契地遗忘了前些天的冷战。

一切都是刚刚好的样子。

就在这时，两个人的身后忽然传来了“嘭”的一声巨响。

受了惊吓的季夏与辜遇一同回头，只见许多月站在厨房门口，尴尬地微笑着，她脚下散落一地杯子的碎片。

匆匆扫了一眼地面，季夏抬眼看向许多月，这才注意她的着装。她穿着吊带背心和超短裙，看起来特别清凉，但，在这样的夜晚，在辜遇的公寓里，很难不叫人多想。

许多月先一步开口道歉道："对不起，吓到你们了。刚刚我没走稳，脚下一滑，杯子就落地了。"

"没事。"辜遇笑了笑，没意识到这气氛的诡异，担忧地问她，"你没被碎片划伤吧？"

许多月笑着摇摇头。

季夏不悦地皱起了眉，她下意识地推开辜遇，带着不自知的质问语气问许多月："你怎么会在这里？"

辜遇和许多月都愣住了。

"我……我……"许多月结结巴巴地说，"我和辜遇在附近拍完MV的夜景部分，本来是要分开走……但是我不小心踩到了易拉罐，滑了一跤，脚扭到了，衣服也弄湿了，辜遇就带我回来整理一下。我们没什么的……你千万别胡思乱想。"

最末一句话，倒像是"此地无银三百两"。

季夏说："你的脚挺爱滑的啊！"

"我……我没有说谎。季夏，你相信我，我和辜遇真的、真的、真的一点儿事都没有！"许多月忽然慌张起来，慌忙间，她差一点儿踩到脚边的杯子碎片。

辜遇即刻喝住了她："你别紧张，季夏也没说什么。"他微蹙着眉，偏头看向季夏。

"我信你。"抿了抿唇，季夏目光坚定地看着辜遇。

简单的三个字，只有"你"，没有"你们"。

"对不起。"辜遇对季夏道歉道，"我今晚原本想过去看你录制的，我以为我赶得及。"

"我表现得很好，只是没有你在，我没有那么开心。"听到辜遇的这句话，季夏心下轻舒了一口气。

辜遇知道季夏心下还是介意的，她是在委屈，也是在遗憾。于是他牵起季夏的手，径自走到书桌前，从桌上的笔记本里拿出一张A4大小的纸，递给了她。

"这是送给你的，新歌的词。我熬了两晚写的，还差谱曲。本来打算今晚等你录制完节目后送给你，后来错过了时间，便想着等送多月回去的时候再送给你，没想到你却过来了。我知道，我最近让你有些伤心难过，但我的心事都写在了上面。我知道，你一定会理解我的。”

季夏的目光落在纸上，上面是辜遇刚劲隽永的字，歌的标题有些缠绵。

《你的名字，是我的心事》

夏，是冬的记忆，记忆冬日的遇见；

夏，是你的名字，铭记一生的爱恋。

初见的第一眼，爱情还无法预见；

分开的每一天，手心满载着想念。

知道吗？

你的名字，是我永远的心事，

一笔一画，一生一世。

知道吗？

你的名字，是我永远的心事，

一横一竖，生生世世……

他所有的心事，都只与她有关。

季夏笑了，眼里含着感动的泪光：“我以为，你不管我了。”

辜遇温柔地抹去季夏眼角的泪，语气宠溺地说：“我怎么会舍得不管你？只是我需要弥补我曾经犯下的错，多月的迷你专辑，是我目前唯一能弥补她的。我们之间还有漫长的未来，少一个第一次也许是遗憾，但是我向你保证，仅此一次。往后的第二次，直到最后一次，我都一定会陪着你走下去，不会再有第二个遗憾。”

两个人再度相拥在一起，彼此心上都憧憬着未来。

而被忽略了的许多月就像一个巨大的电灯泡，呆呆立在一地碎片前。没有人关心她的感受，没有人看见她眉心里的褶皱，也没有人看见她紧紧握起的拳头下的嫉恨。

02

翌日早上。

季夏抵达练歌室时，许多月已等候在那里。

前一夜在幸遇的公寓里，季夏与许多月是先后离开的，相差半个小时的时间，季夏以为许多月早就回了公寓，未承想许多月一整夜都没回去。

一夜过去，“好朋友”再见面，季夏心里还在狐疑许多月对幸遇的心思，许多月却一副若无其事的样子，对她微笑着问好：“季夏，你来啦。”

闻言，季夏也佯作若无其事，以笑回应。

许多月见她没说话，兀自打开了话匣：“我先试着唱了一遍，既然你来了，我们正好可以一起练了。”

许多月笑眯了眼，眼睛里瞧不出情绪。

季夏坐到许多月的身边，拿起歌本，很快就进入情绪。

本来就是一首很简单的广告歌，歌词简单易懂，旋律轻快舒畅，两个人只练了几遍，便已经配合得很好。

“没想到我们这么默契。”许多月不由得感慨。

“本来就是一首没什么难度的歌。”季夏抿嘴一笑，有意无意地把许多月口中的“默契”抹去。

“也是啦，我这种菜鸟什么都不知道，才会想太多，之前还误会你了。”许多月哈哈笑着，故作自嘲后，她看向季夏，语气一下子变得严肃起来，“不过，抱歉呢。季夏，今天你来到练歌室以前，我也还在误会你。我以为你今天不会过来了。”

“为什么？”季夏不明所以。

“因为昨晚……”许多月欲言又止。

“我说了，我相信幸遇，所以你不用担心。”心里的不愉快一点儿也没有描绘在脸上，季夏浅浅笑着，既得体又大方。

她当然是在意的，她仍然害怕许多月对幸遇深藏的爱慕之意，怕真心的喜欢抵不过直抵心底的愧疚。她虽然说要勇敢，但心里根深蒂固的自卑，哪里是一时片刻就能够抹去的。

“笃笃——”

两个人说话间，门外响起敲门声，紧接着幸遇推门走了进来。

幸遇视线第一眼就落在了季夏的身上，与季夏四目相对之际，两个人同时默契一笑，仿佛有星光落进了彼此的眼里。

“我给你们带了冰淇淋。”辜遇晃了晃手里的袋子，话里说的是“你们”，可目光却没从季夏身上移开过一霎。

“哈根达斯吗？”许多月抢先惊呼起来，硬生生截断了季夏刚要说出口的话。

“是的。”辜遇缓步走到季夏面前，从袋子里拿出一盒提拉米苏口味的冰淇淋，正要递给季夏，“我给你挑的……”

他的话还没说完，许多月的手忽然横插了过来，以迅雷不及掩耳之速夺走了辜遇手上的冰淇淋，宛若一个见到心爱东西的孩子，只会用“抢夺”来表达喜欢。这一刻的许多月好像丝毫没有发现辜遇是要把冰淇淋递给季夏，她笑得像个天真无邪的孩子，当下对辜遇道谢：“谢谢辜遇，我最爱提拉米苏口味的了！”

辜遇始料未及，他怔了一秒，随后说：“这是我给季夏的。”

然而他的话还没说完，迫不及待的许多月已经打开了盒子，第一勺美味已然在舌尖上绽放。

听到辜遇的话，许多月满脸尴尬，她随即从冰淇淋盒里拿出勺子，将冰淇淋退还给季夏：“对不起！我不知道……”

“没关系，你吃吧。”季夏将冰淇淋推回去给她，转而抬眼看向辜遇，笑着说：“她喜欢就给她吧，只是一盒冰淇淋而已。”

“我的季夏真是最温柔、最善良的。”辜遇把袋子里的香草口味的冰淇淋递给季夏，一边毫不掩饰地夸奖着季夏。

“因为她要的不是你啊。”季夏接过冰淇淋，话中有话。

辜遇隐约感觉得到，季夏是在吃醋，可偏偏她装作毫不在意的样子，如此可爱，叫他忍不住嘴角上扬。

连辜遇都察觉到了季夏的醋意，许多月自然也是感觉到了。

只见许多月哈哈笑了起来，一边吃着冰淇淋，一边含糊着声音道：“我要抢也抢不过啊，我才不会自讨没趣呢。再说了，比起爱情，我觉得友情更可贵。我可是要做季夏永远的好朋友呢，最好的那种！”

说着，许多月想起了什么事情，从椅子上跳下来，拿起手机对着冰淇淋连拍了几张照片。

看着咋咋呼呼、没心没肺的许多月，季夏心里不由得怀疑自己是不是想得太多了，纯粹在庸人自扰，如此念想着，她的心兀地对许多月有些过意不去。

拍完照片后，许多月扭头问他们：“我可以发微博吗？”她晃了晃手机。

许多月大概是在害怕自己误会，所以才会郑重其事地先咨询他们的意见吧。这么想着，季夏心里的过意不去又添了一分，说话的语气格外温柔："你的微博，自然是你想发什么就发什么啊。"

闻言，许多月美滋滋地编辑起了微博，点击了发送。

发完微博后，许多月又问辜遇："辜遇，我可以关注你的微博吗？"

辜遇哑然失笑："可以啊。"

无论是季夏还是辜遇，此刻都觉得许多月是一个毫无心机的女生，连发一条微博，关注一个账号都要战战兢兢的。一直到了晚上，一边吃饭，一边刷手机的季夏忽然看到了许多月的微博。

@许多月：今天有人送哈根达斯哦，提拉米苏口味的。

微博的配图是许多月拍的那张冰淇淋照片，只是措辞略显暧昧，紧随其后的红心图案更让人遐想万分。

季夏眉心不禁微蹙，她点开这条微博，查看下面的评论。

@是寂寞的葫芦姐姐啊：在意大利文里，提拉米苏有"带我走"的意思，小姐姐这是有喜欢的人了吗？

@Sweet-柚子橙：小姐姐你是恋爱了吗？

@星光落在北极星：楼上，让我们大胆猜测一下吧，我看到小姐姐刚刚关注了一个男生，该不会是……

@钟离时晞：天啊！好甜！是喜欢的小哥哥吗，喜欢就让他带你走吧！

粉丝们口中许多月刚刚关注的男生，就是辜遇。

倘若不是那个红心图案，还有几个粉丝言之凿凿地推算，季夏也许不会太在意。旋即，她又想起前一晚许多月穿着吊带背心和超短裙出现在辜遇公寓里的情景，和抢走提拉米苏口味的冰淇淋的"无礼之举"。

不想"冤枉"了许多月，季夏又花了两三个小时，时不时刷新着那条微博，等待着许多月出现澄清误会。

直到晚上十一点多，坐在返回公寓的保姆车上，季夏终于看到许多月在那条微博下的回复。

然而她连续回复了三四个粉丝的评论，也始终没有向粉丝解释那些误会。

季夏皱着眉，关掉了手机。

如果忽略算是默认的话，那么许多月是在承认她对辜遇心存爱慕吗？

03

许多月的知名度有限，即使粉丝们纷纷揣测起她与幸遇之间的情感纠葛，到底也没能掀起多大风浪。至于季夏，她还没有要与许多月对质的勇气，也不敢去面对之后的种种可能，因此她只能装作若无其事，装作未曾见过那条微博。

然而季夏没有想到的是，一个星期之后，她居然会看到与印象中完全不一样的许多月。

因为广告工作的关系，接连三日，季夏与许多月形影不离。上午，她们待在练歌室里录制广告歌；下午，表演老师就会过来，指导她们排练广告剧；晚上，她们再一起回公寓就寝。

一切都与先前没有什么两样，在旁人眼中，季夏与许多月越来越亲密。

广告歌的录制很顺利，录制结束的第二天，两个人就正式进了剧组，开始广告拍摄的工作。

广告是一个小故事，将配合广告歌，分拆成三部曲在电视上投放。

拍摄过程也很顺利，季夏与许多月一丝不苟的工作态度得到大家的认同，转眼间三四天过去，乌龙茶的广告拍摄到了最后的阶段。

这天下午，两个人随剧组抵达邻市的一个茶园进行拍摄。

前一晚，幸遇从许多月口中得知她们要到邻市拍摄。许多月在微信上问他要不要来探班，幸遇原本想拒绝，但输入的话还未写完，许多月就又发了一条消息给他，说季夏挺想他过去的。于是他想也想没，当下删除掉原先想拒绝的回答，向许多月要了拍摄的时间和地点。

幸遇抵达茶园的时候，季夏她们已经拍摄了一个多小时。

远远看去，幸遇一眼就看见了人群中的季夏，她似乎永远都是他目之所及里最耀眼的星。

旋即，想起了什么，幸遇的目光匆匆扫过周遭，一如许多月微信里说的，聂西闻并不在现场。其实他并不害怕聂西闻对季夏的在意，只不过他总不自觉地在暗地里与之较量。

大抵是因为早上下过一场大雨的原因，此时湛蓝色的天空澄澈清亮，阳光明媚而不热烈。趁着一阵清风拂过，幸遇深深吸了一口气，空气中尽是茶叶的清香，叫人心旷神怡。

现场安静得很，除了风声，谁也不敢发出一丁点儿的声音。

身穿吊带连衣裙的季夏与许多月站在茶园里的一排排嫩绿色的茶叶间，好似一对孪生姐妹。镜头里的她们背对背倚着，两只自然垂下的手十指相扣，另外的手也没空闲，各自拿着一瓶乌龙茶，微微仰起头喝着，神情怡然。

这时，一阵风吹来，嫩绿的茶叶随风飘散，宛若飞花。

镜头渐渐拉远，画面唯美得像是一幅动态的画。

"CUT（停）！"辜遇看着季夏正入神，耳边兀地传来导演中气十足的声音，"非常好！"

掌声稀稀拉拉地响起，辜遇可以感觉得到，现场所有的工作人员都悄悄地松了一口气。

同样松了一口气的季夏与许多月朝着周遭的工作人员鞠躬，异口同声地说："谢谢导演，也辛苦大家了！"

紧接着，辜遇听见边上有人嘟囔着说："谢天谢地，这一条终于过了，都拍了二十条了！"

话落，有人附和着，低声道："刚刚叶子飞过来，我心想完了，没想到导演居然没有立刻喊停，还说非常好。"

抱怨落入辜遇的耳朵里，他浅浅一笑，心下明白了方才气氛紧张的原因。他暗暗想道：若不是这漫天的叶子来得刚刚好，达到了导演想要的效果，只怕这一条还要多拍几回。

拍广告和拍MV的原理差不多，都是追求画面感，所以他明白刚刚这一个镜头打动导演的原因。

"辜遇？"

就在辜遇暗自感慨的时候，季夏携着惊喜的声音穿过嘈杂的空气，传了过来。

季夏三步并作两步，小跑着到辜遇的跟前，差一些就扑进他的怀里。大概是突然意识到这是在众目睽睽之下，她一个急刹车停住了。

她脸上的笑容张扬又烂漫，问他："你怎么过来了？"

"是我叫他过来的啊。"抢在辜遇开口之前回答季夏的，是缓缓走过来的许多月，许多月笑着说，"我昨晚给辜遇发信息，叫他来探班的。"

辜遇不置可否，似乎是默认了许多月的说辞。

在辜遇看来，许多月说的话没错，确实是她叫他来探班的。只是他若是知道许多月是故意这么说的话，他一定会多加一句澄清。

季夏眼眸里的光骤然黯淡下去。

她的笑容还在勉强地停留在脸上，只是嘴角失去了灿烂的光芒。

对季夏的失落一无所知，辜遇只注意到沾在她头发上的叶子，他一边拿下叶子，一边说："晚上我们一起吃饭吧。"

季夏还没说话，许多月又抢着回答，她兴致冲冲地道："不如晚上我请客吧！就当答谢你们这段时间以来的照顾。"

许多月一脸期待地看着辜遇和季夏，似乎没有听出辜遇口中的"我们"并不包括她。

闻言，季夏不由得蹙起了眉，辜遇当即也有些尴尬，委婉地推托："不用了，都是我应该做的。"

可是许多月很坚持："你们就让我请客吧！这段时间因为我的迷你专辑，害得你们老是见不了面。而且季夏的新专辑你也做不了，节目你也没能一起录制，我已经很过意不去了。"

辜遇看向季夏，犹豫不决。

季夏抿了抿唇，拒绝道："不用……"

"对不起，可能是我太自作多情了。"季夏拒绝的话还没说完，许多月生生地用道歉打断了她，一脸过意不去的样子，"你们都是我最好的朋友，但是，如果你们不愿意跟我做朋友的话，我也明白的。毕竟，季夏心里其实很介意我的存在吧？有时候我也想，如果那天辜遇你没看到我的照片就好了。"

许多月这么一说，倒显得是季夏在胡思乱想。

"你想多了，季夏绝对没有这个意思。"维护季夏的心切，辜遇没有多想，立马替季夏说话，还答应了饭局，"你要是真的非请客不可，那晚上就一起吃饭吧。不过你也别总是胡思乱想，我和季夏都是真心把你当成好朋友的。"

"嗯，谢谢辜遇！"许多月眯着眼睛笑了起来，"也谢谢季夏。谢谢你们！"

季夏默默地咬着嘴唇，再没说一句话，眼睛里的情绪晦暗不明。

她的心很不舒服。

过去的一年里，她经历了太多，人长大了，心自然也多了一些戒备。

同时，她也很迷惘，怕自己是因为自卑，太害怕失去辜遇，才会把许多月想得太坏，把一些无关痛痒的事情小题大做了。

像当初沈思滢误会她的那个样子。

04

晚上。

日式料理店。

许多月特意订了一个包厢来招待季夏与辜遇。这家料理店是一家很有名气的日式料理店，老板是中国人，老板娘是日本人，店里的装修高档又雅致，很有日式和风的格调。

进了店里，季夏与辜遇直接乘坐电梯到专门设有包厢服务的三楼，这层的每一个包厢的名字都是一种樱花的名字，许多月预订的包厢是“松月樱”。找到包厢后，两个人推门进去，推开第一扇木门，旁边有一个鞋柜，是让他们把鞋子脱下来放在上面的，尔后再推开第二扇木门，便是榻榻米式的座位。

辜遇推开第二扇木门时，已经坐在包厢里的许多月，朝他们笑着挥手：“你们到啦！”

辜遇礼貌地点头微笑，随后牵着季夏入座，两个人相邻而坐，而许多月坐在辜遇的正对面。

待他们坐下，许多月第一时间向两个人递上菜单：“我点了好些吃的，不知道合不合你们的口味。你们看看还想吃什么，不用跟我客气的！”

辜遇接过菜单，转手递给了季夏：“你想吃什么？”

“你看吧，我不挑，也没有什么特别想吃的，你们点什么我吃什么。”季夏说。

两个人你一句我一句，对视时，眼里都是柔情蜜意，一点儿也没有顾虑到一旁许多月的心情。

许多月默不作声地笑着，时不时瞄一眼两个人，眼神意味不明。

不多时，点好的菜陆陆续续端了上来，辜遇体贴地将他觉得最美味的食物一样样夹到季夏的盘子里。

交谈的时间并不多，大多数是辜遇与季夏简单的对话，许多月几乎都没有作声。

但是，许多月知道，这一夜不会就这么安安静静地过去的。

她只是没想到，上帝会额外赠予她一个惊喜——就在季夏上洗手间的空隙，季冬打来了电话。

季夏手机响起的刹那，辜遇下意识地看向桌面，只是扫了一眼来电显示，他的眉心忽地紧蹙起来。

是季冬。

犹疑了半天，辜遇的手始终没有拿起手机。

见此，许多月疑惑地问：“季夏的电话响了，你怎么不接啊？不会是聂医生吧？”

辜遇摇摇头：“是季冬，就是季夏的妹妹。”

“季冬？”这个名字对于许多月来说并不陌生，眼珠子在她的眼眶里转了一圈，她想到了什么，顿了顿，怂恿着辜遇道，“那你更要接才是啊。我听说季冬对季夏很差，总是欺负她，利用她。上一回不是还把季夏从天台给推下去了吗？这事儿我都有看报道的，所以我很不喜欢季冬。哪有这么当妹妹的？太恶毒了！这次她来找季夏也肯定没好事吧！季夏那么善良，一点儿都不懂得反抗，不然上次怎么会因为她的一句话，季夏就同意让南盛代替你录制综艺节目呢？”许多月越说越气愤。

被许多月这番话说动了，辜遇接听起电话。

季冬的声音立马传入了他的耳朵里：“季夏，你一定要帮我，我和妈妈在香港这边出事了，你有没有钱先给我，我……”

不等季冬的话说完，辜遇硬生生地打断了她：“季夏不在，我是辜遇。”

电话那端，季冬愣了愣，旋即问：“季夏呢，我要跟季夏说话。”

手机听筒里的声音漫在空气中，许多月也听见了季冬的声音，立刻朝辜遇做了一个摇头的动作，双手交叉比画着，暗示他：不可以。

辜遇一眼明白许多月的意思，语气强硬地对季冬说：“季夏不会再接听你的任何来电。你以后别再来找季夏，她不欠你们什么，是你们欠了她。别总是想从她身上得到什么，你们那些劣质的演技，只有季夏才看不出来，但那不代表她蠢。只是她太天真善良，但从今以后，她都不会再相信你们了。”

闻言，季冬深吸了一口气：“这是季夏的意思？”

辜遇点头：“是的，季夏永远都不想再见到你们。我也会保护好她，你们别想再伤害她！”话音一落，辜遇挂断了电话。

“我刚刚好像听到，她是来要钱的吧？我就知道，她只会利用季夏。”许多月添油加醋着，继续怂恿他，“我觉得还是不要跟季夏提起这通电话吧，最好把季冬的来电记录也删掉。要是季夏知道季冬又来找她要钱，她估计会很难过吧。而且以她那个性子，肯定是难过完，还要再打给季冬电话，问季冬还需要什么。我想一想就心疼季夏。不行不行，删除记录还不够，把季冬的号码从通讯录里拉黑了吧，不然等一下她还会来骚扰季夏的。”

“嗯，你说得对。”觉得许多月说得在理，辜遇毫不犹豫地删除了季冬的来电记录，并且将季冬的手机号码拉黑。

这时的辜遇万万想不到，当下这个出于保护季夏的决定，竟然是未来造成他与季夏之间不可挽回局面的重要原因。

看着辜遇把季夏的手机放回原位，许多月朝他笑了。

推门声在这个时候响起，隔着一扇门，他们听见了季夏脱掉鞋子的声响。

许多月抿起唇，右手食指放在唇边，在季夏推开第二扇门之前，朝辜遇做了一个“噤声”的动作。

下一秒，季夏推门进来，重新坐到辜遇的身旁。

半个小时后，这场饭局终于结束。

然而谁也没有想到，不过半个小时，季夏的鞋子里竟多了碎玻璃碴，毫不知情的她把脚套进鞋子里，脚底即刻传来一股锥心的剧痛。

吃痛尖叫之际，季夏整个人跌坐在辜遇的怀里。

“季夏！”辜遇惊得眉心紧锁。

季夏死咬着嘴唇，脸色惨白。

辜遇扶着季夏坐好，小心翼翼地将她的脚从鞋子里拿出来，殷红的血已经染红了脚上白色的袜子。

看着袜子上的鲜血，季夏猛地想起了陆星橙。

当年，陆星橙也曾把玻璃碴放在季冬的鞋子里，那日恰好季冬与她换了鞋子，于是玻璃碴扎进了她的脚底。

恍惚间，再想起这些日子以来，时不时被陆星橙粉丝的恐吓与报复，季夏不由得倒吸了一口冷气。

“是……陆星橙？”她瑟瑟发抖着，一副惶恐不安的样子。

“季夏，你在说什么啊？”许多月一脸茫然地问，“你的意思是，是陆星橙把玻璃碴放进了你的鞋子里吗？陆星橙不是已经死了吗？”

05

从医院回到公寓里，已经临近十二点，季夏躺在床上，脑子里不停地想着陆星橙，想着陆星橙的粉丝当初问她的那一句——“季夏，你对得起陆星橙吗？”

她到底还是问心有愧的。

有些事，她以为过去了，可原来一直都没有过去。

陆星橙死了，可是她的委屈，总有人替她记住，再辗转地告诉自己。

回忆一幕幕来袭，陆星橙的恨、陆星橙的委屈、陆星橙的崩溃和疯狂，她都记得清清楚楚。即使有一段时间，她刻意地遗忘，但是这一刻想起，就连陆星橙眼里的泪光都无比清晰。

是她对不起陆星橙。

季夏咬着牙，闭上眼睛时，眼泪悄然溢出了眼眶。

就在季夏深陷回忆时，许多月推门进来，手里捧着一碗糖水。

听见声响，季夏慌张地抹去了眼泪，佯作若无其事的样子。

“知道你肯定睡不着，所以我给你煮了糖水。”许多月笑着将碗递给季夏，声音温柔无比，“我特意凉了一会儿再拿进来的，现在喝正好。”

“谢谢。”季夏由衷地道谢。

可是当接过糖水的一刹那，季夏猛地把碗打翻了——

“啊——”

她发出一声尖叫，糖水随着碗掉落，洒了一地，碗里的玻璃碴在白炽灯的照射下，闪耀出片片光芒。

往事清晰在眼前。

当初，正是季冬让她给陆星橙送去的一碗糖水，毁掉了陆星橙的梦想。

让她失去了声音，也失去了生命。

季夏一只手捂住嘴巴，一只手捂住心脏，心脏疯狂地跳动着。

许多月吃惊地看着一地碎片：“对不起对不起，是我粗心大意！我怎么会犯这种错误，竟然不小心把糖水误倒进刚收拾进杯子碎片的碗里。吓到你了吗？”

“没事，我……”季夏摇摇头，努力克制着心中的惊恐，“我……我突然很不舒服，麻烦你收拾一下。我想睡觉了。”

“好吧，那你早点儿休息。”

受惊的季夏连忙钻入被子里，用力一扯，被子盖过了她的脑袋。

连连的深呼吸过后，季夏从枕头下摸出手机，给辜遇发去了微信。

我很害怕。

刚刚多月给了我一碗糖水，糖水里竟然有玻璃碴！

为什么我的鞋子里会有玻璃碴？不会也是多月故意做的吧……

她给我糖水的时候，我好像看见她变成了陆星橙！

辜遇，我很害怕，我好害怕多月！

季夏一连发送五条微信，不一会儿，辜遇回复了消息，她慌张地点开。

多月一直在包厢里，放玻璃碴的肯定不是她。你就是压力太大，想太多了，就算有人借着陆星橙的名义来害你，那个人也不可能是多月。她可是我们最好的朋友，先前我也误会过她，所以我们不能再误会她了。

在这条长长的消息里，季夏找不到半点儿安慰。

她觉得自己被辜遇冷落了。

她忽然记起前不久出席“幸运爱”新店开张的活动时，见到的那张血淋淋的纸牌——

你一定会失去所有，包括辜遇。

季夏忍不住打了个冷战。

再看微信里辜遇的回复，他的一字一句全是在维护许多月，这对季夏来说，就像那诅咒应验了一样。

这一夜，季夏注定是要失眠了。

谁也不知道，深夜一点多，许多月坐在客厅的茶几前，借着窗外的月光，手握着钢笔，在白纸上写下了一句话——

小橙，伤害你的人，一定会得到她应有的报应。

尾声

一个月后。

A市已经入了秋，一阵风起，枯黄的树叶随风飞舞。

与这座城市阔别了一个月，季夏蹙眉站在马路边上，目光紧紧锁在马路对面的一对男女身上。她眼神涣散着，眼睛里仿若有雾气缭绕。

那对男女是辜遇和许多月，他正半蹲在地上，温柔地给许多月系鞋带。

所谓“岁月静好”，大抵就是眼前的这幅画面。

季夏能清楚地看到许多月眼睛里几乎要溢出来的爱慕，也能清楚地看见辜遇眼睛里的温柔。她咬了咬牙，低垂在身体两侧的手紧紧地握成拳头，只觉得心脏好像破了一个大洞，萧瑟的秋风不停地往里面吹，冻得她浑身哆嗦。

回忆在这一刻招摇过市，季夏兀地想起了她离开A市的前一日，与辜遇的那场争执。

那天早上，她在电视里的娱乐节目中看见了季冬的新闻采访，她忘不掉那时候季冬悲恸欲绝的模样。在镜头里，季冬声嘶力竭地在记者们面前控诉着：“我妈妈是被季夏害死的！是季夏见死不救，她全然不顾多年的养育之恩！”

季夏这才知道，巫素洁竟然死了。

面对季冬的控诉，一头雾水的她从许多月口中得知，巫素洁去世的当晚，季冬曾打电话找过她，但电话被辜遇挂断了。

无法置信辜遇竟会做出如此冷漠之事，她当即与辜遇发生了有史以来最大的争吵，她口不择言地说是辜遇害死了巫素洁，两个人最终不欢而散。

如果当时的她能再理智一点儿，如果她没有说那句话……

季夏悲伤地望着远处的辜遇与许多月，在这段三个人的故事里，也许她老早就被淘汰了。可是，那一日，明明他们谁也没有说过“分手”这两个字。

心中悲痛难解，季夏仰起头，试图将即将滑落的眼泪逼回，这时一只骨节分明的大手拉住了她的衣袖。她扭过头看去，比她高出一个头的游溪正大睁着双眸，用无辜天真的眼神看着她，说话的语气像小孩子一样，软绵绵的：“雪糕，我要吃雪糕。”

游溪的目光澄澈，已不是当初的他。

—— 本季完 ——